文治
©wenzhi books

更好的阅读

献给超级明星福宝

和永远相亲相爱的宝家族

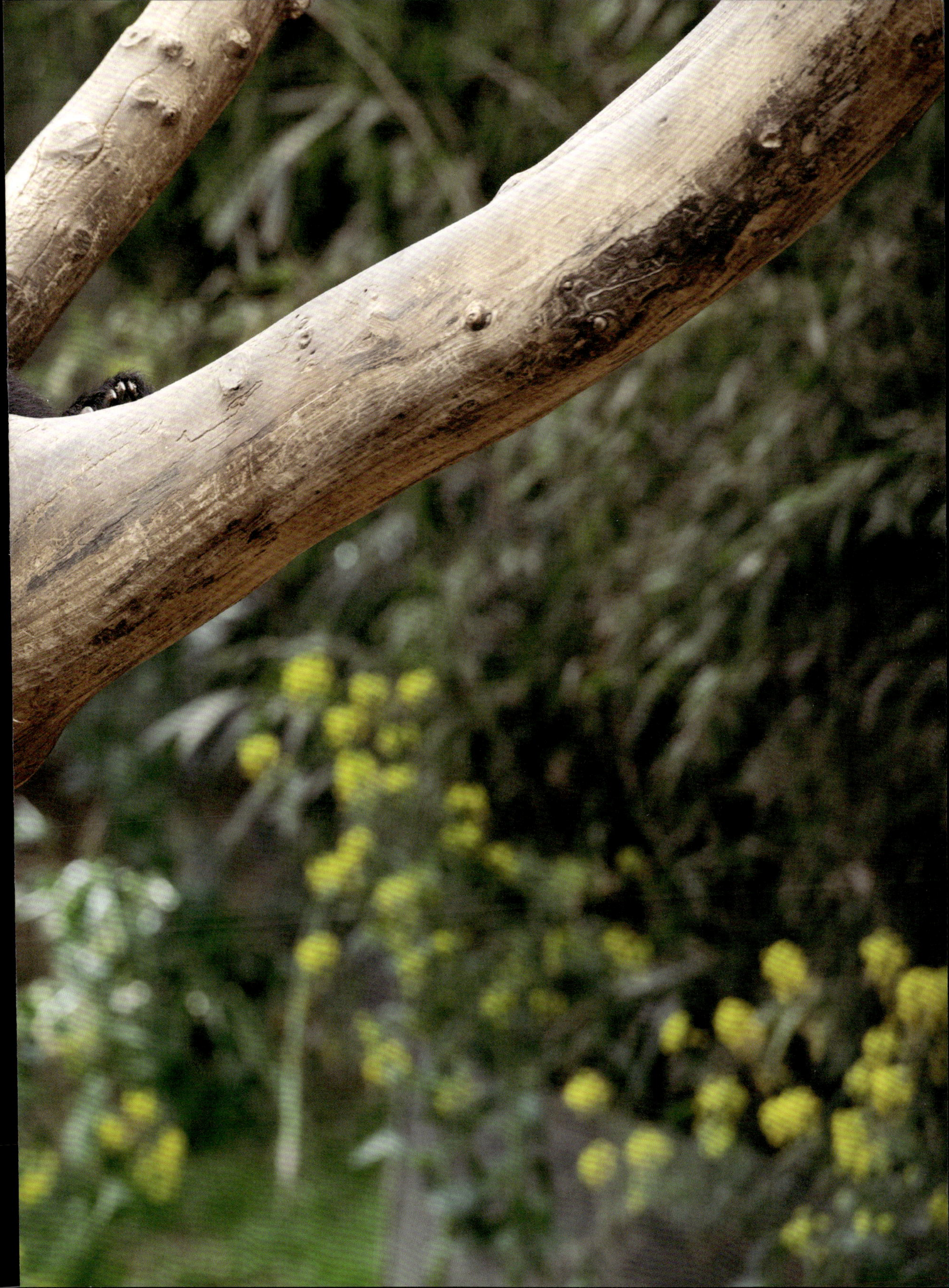

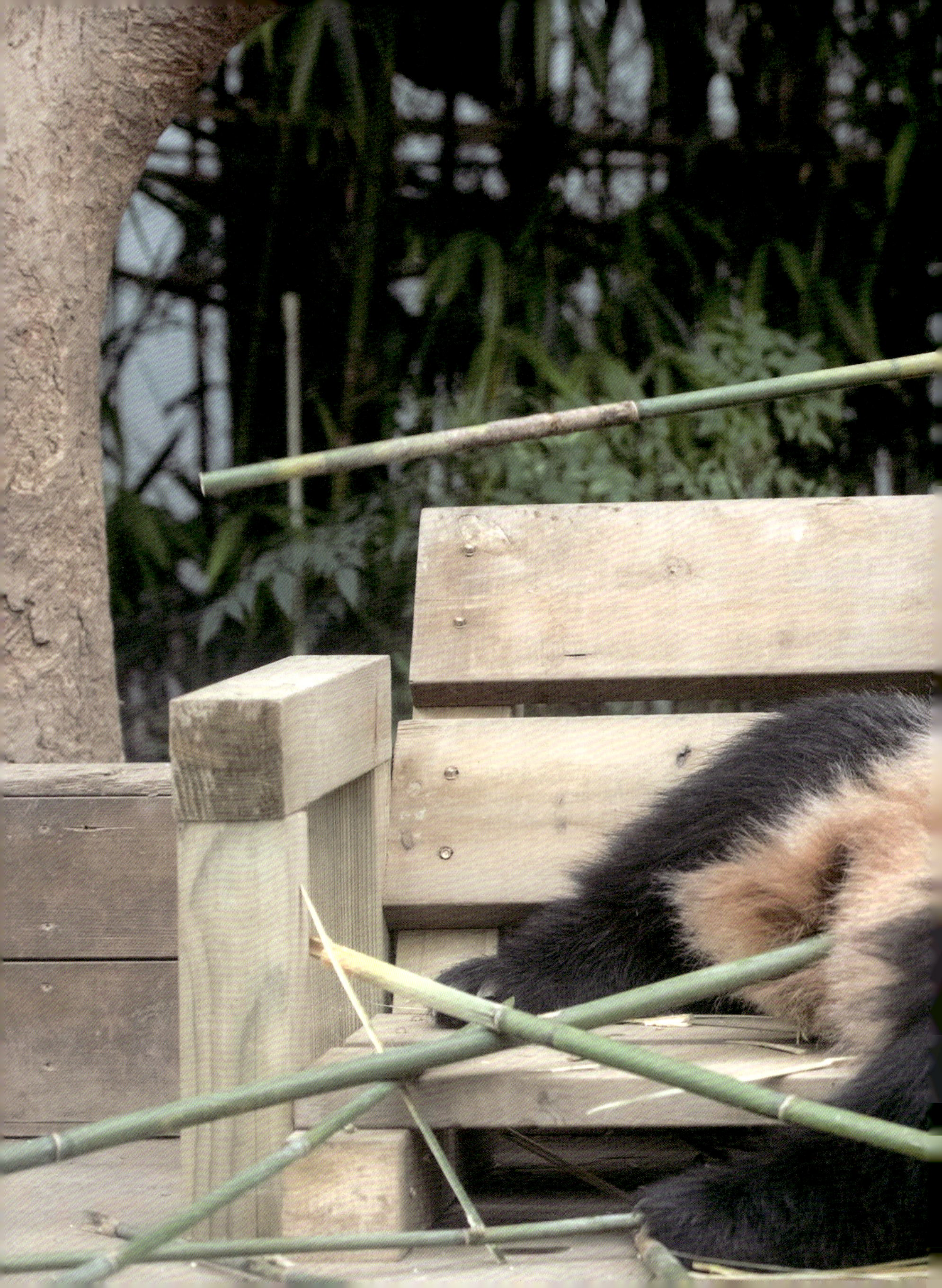

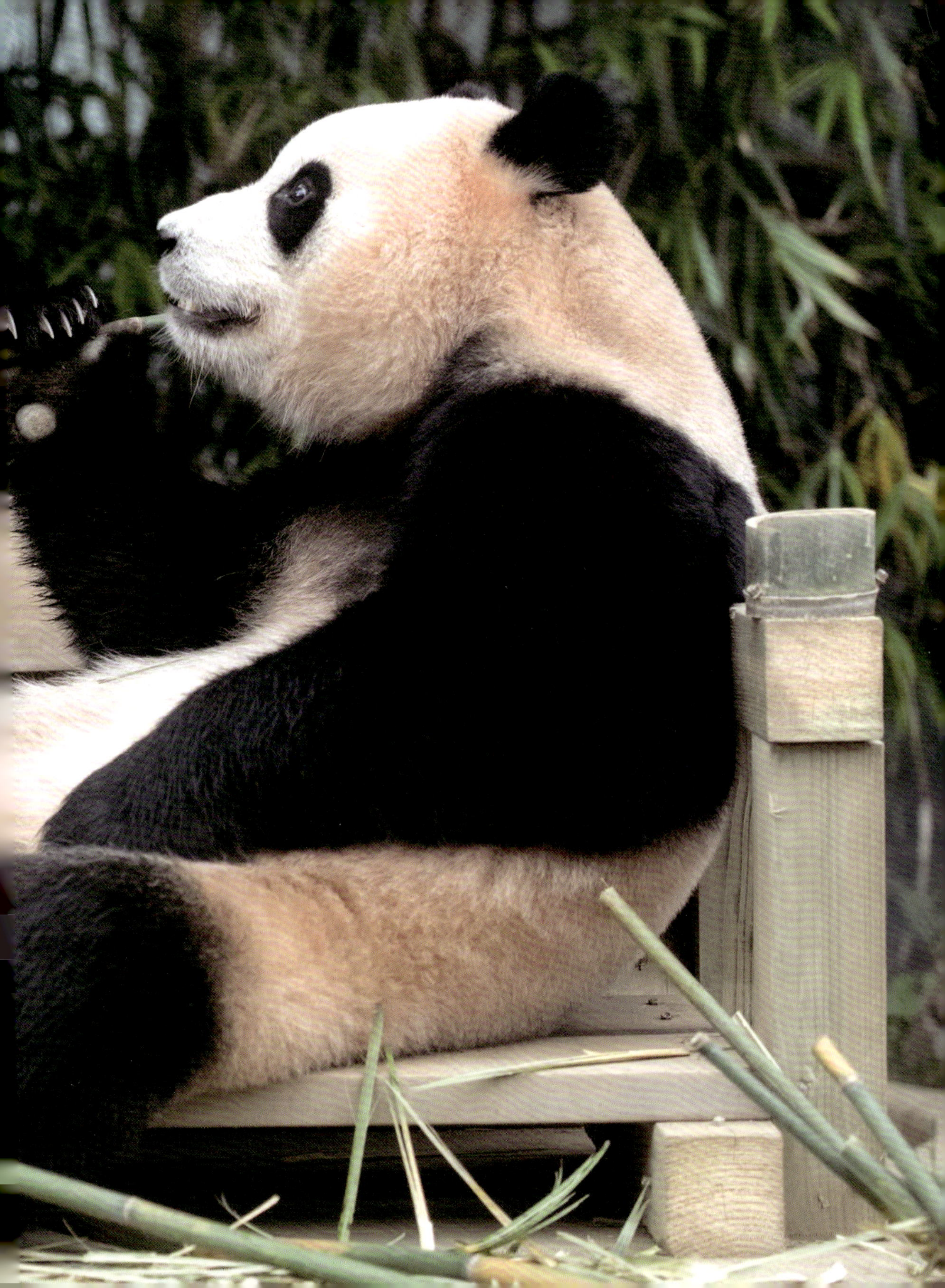

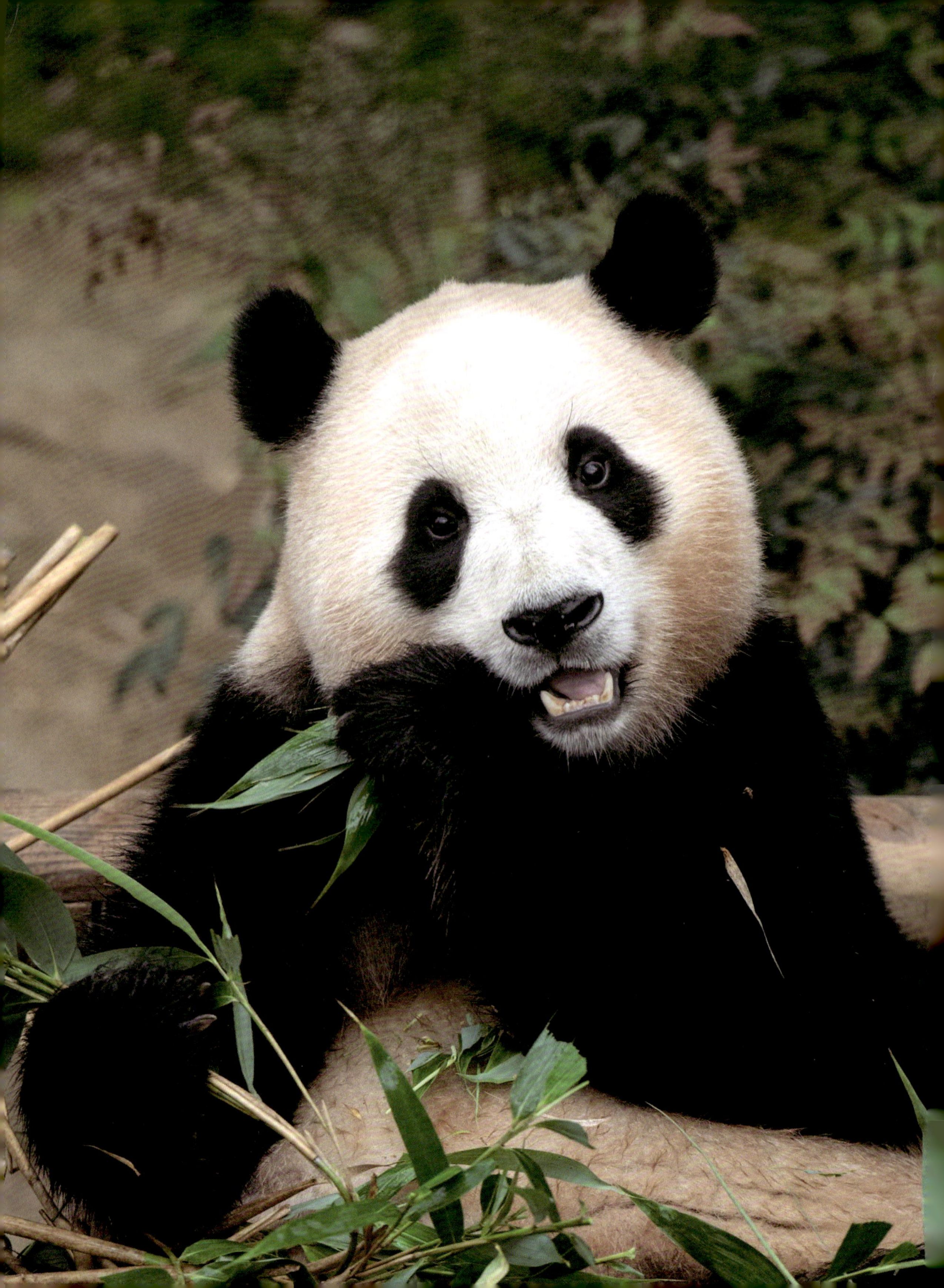

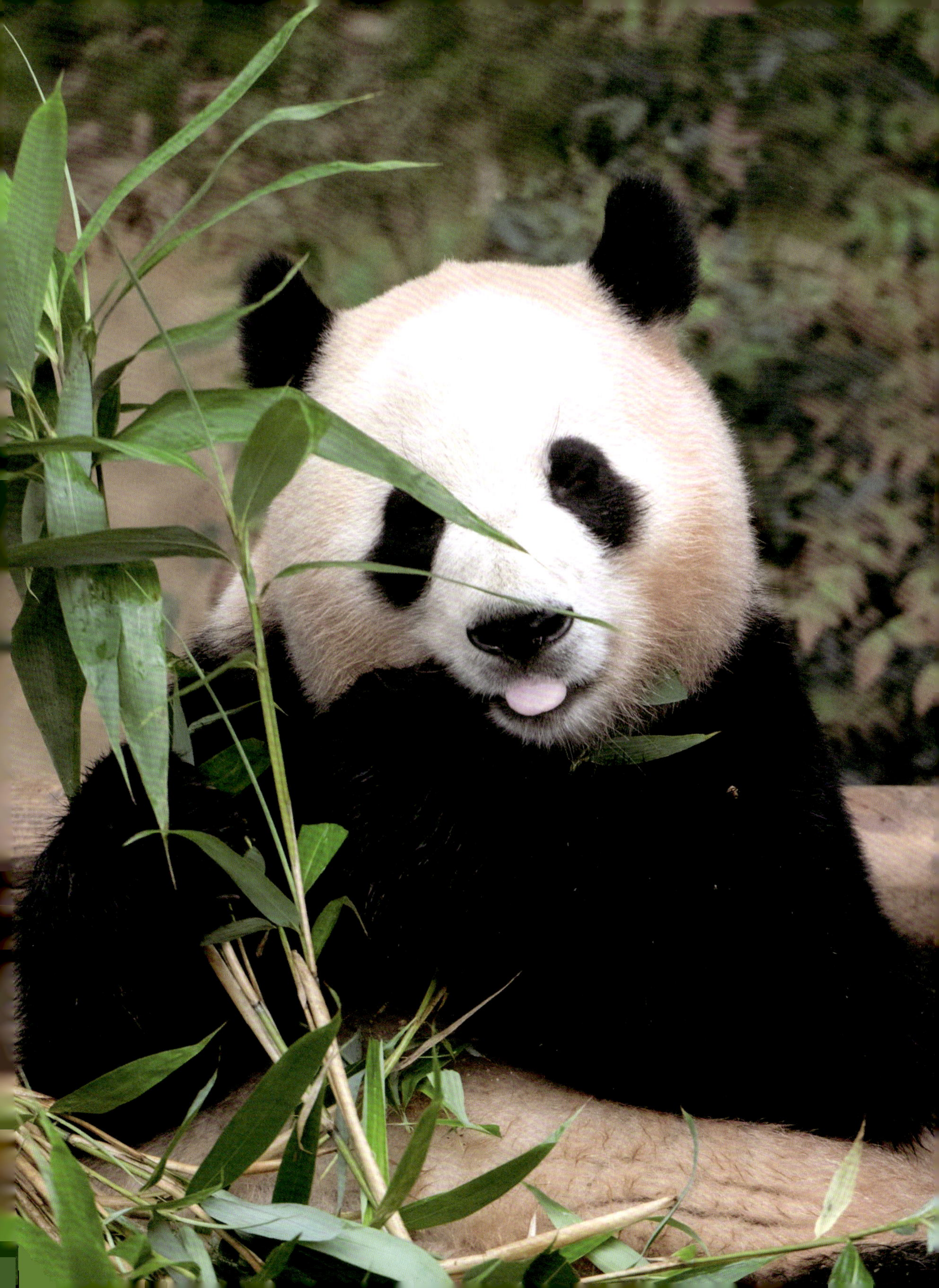

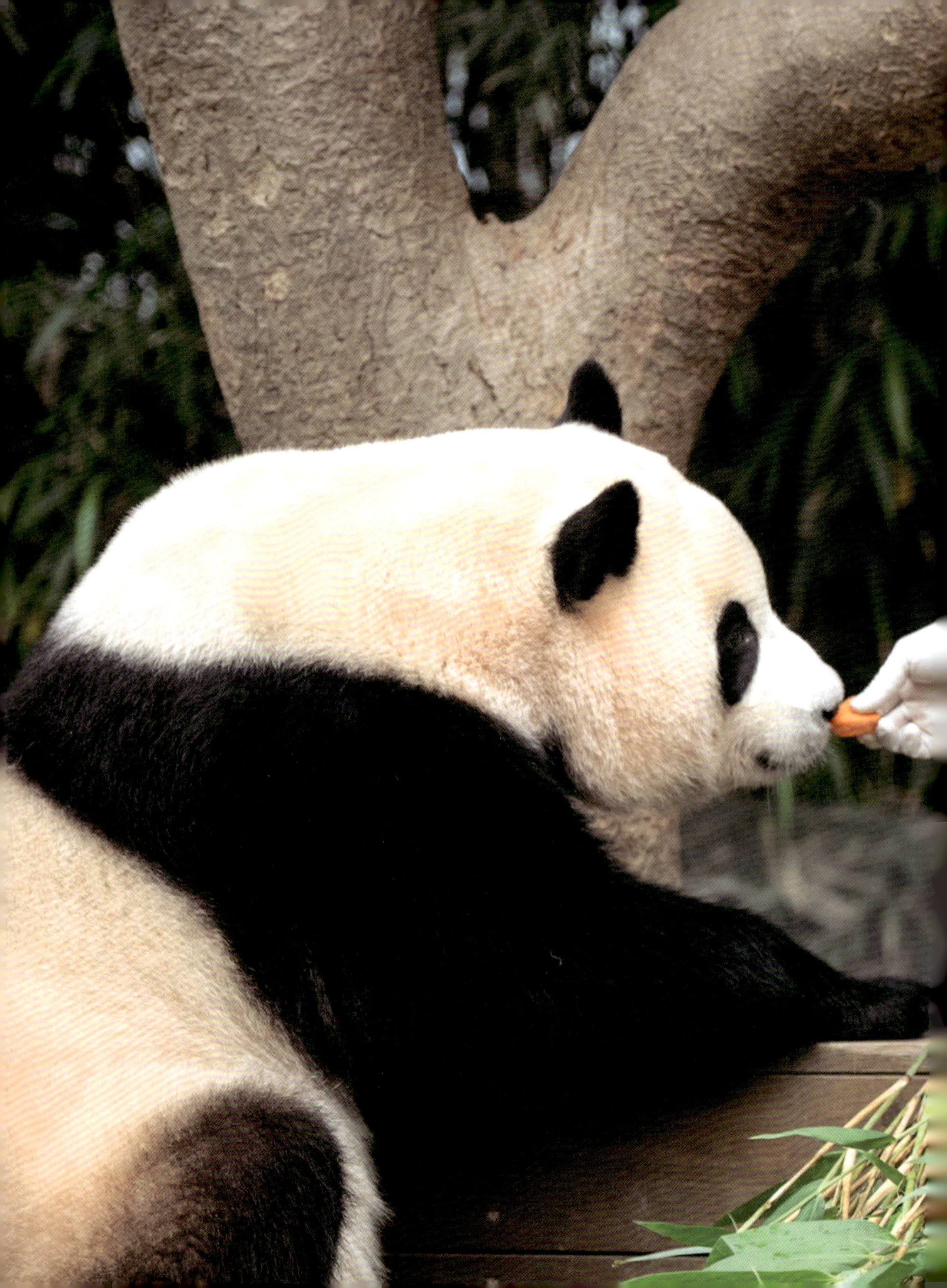

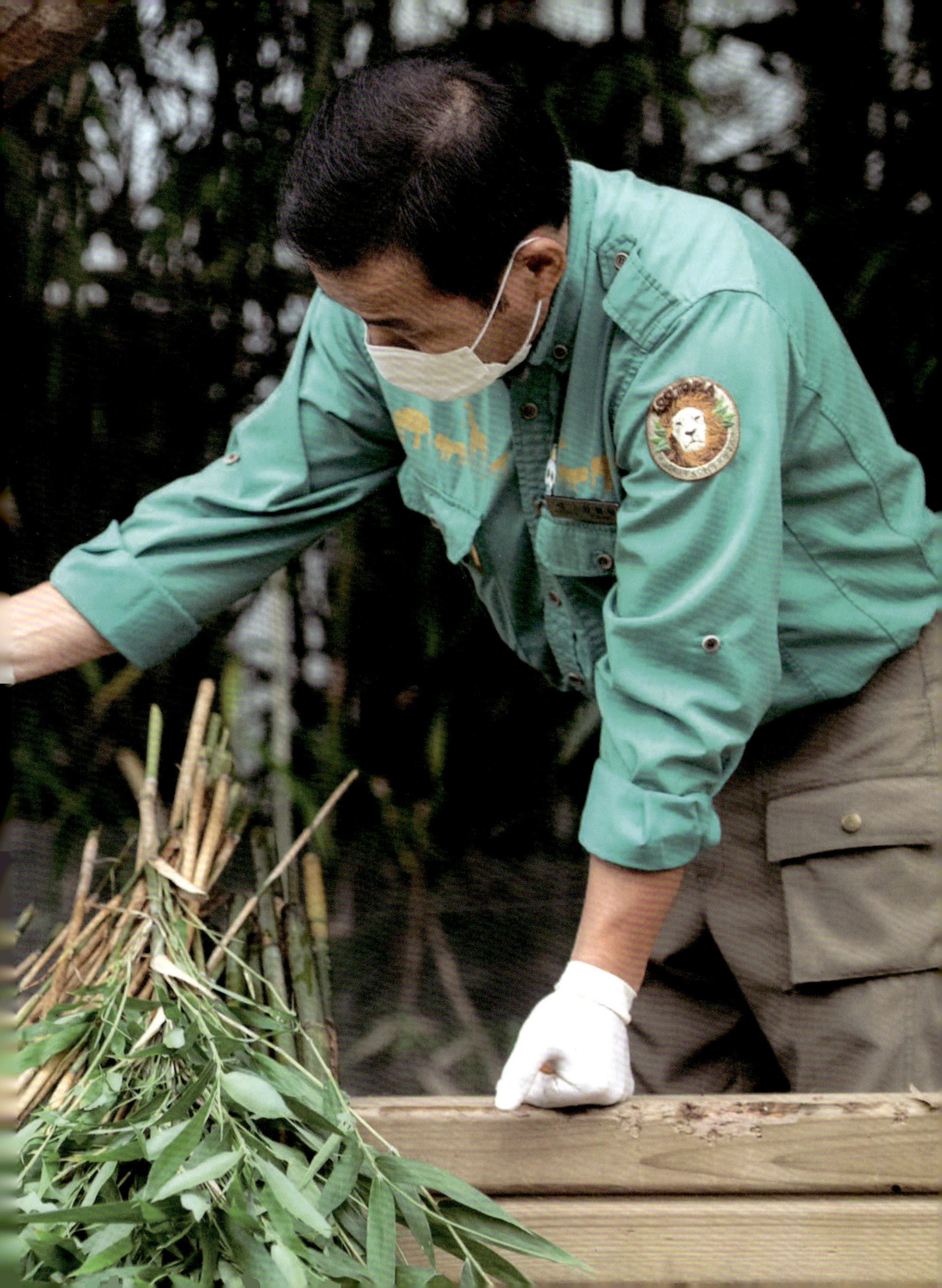

文字 姜哲远

出生于韩国全罗北道淳昌,在深山中度过童年,此后入职韩国爱宝乐园,作为饲养员积累了诸多经验。为了和动物们共同幸福生活,学习了造景学和动物繁殖学。2016年,负责照顾乐宝和爱宝,由此获得了"熊猫爸爸"的绰号。

到目前为止,接触过多种个性和特征的动物,富有理解和照顾它们的经验。

执笔《福宝》《福宝,每天都幸福》《福宝,永远爱你》,记录了诞生于韩国的第一号熊猫宝宝福宝的成长历程和与之相处的回忆。

摄影 柳汀勋

专攻摄影,曾是自由摄影师,2000年进入韩国爱宝乐园宣传组,负责拍照记录主题公园庆典和动物园等各种内容。致力于通过自己的镜头定格梦想、爱、幸福、心动的瞬间,对记录动物们的丰富表情、母子相依的画面尤为感兴趣。记录爱宝诞下双胞胎瞬间的照片,是唯一入选美国《时代》周刊"2023年度100张最佳照片"(TIME's Top 100 Photos of 2023)的韩国作品。

记录福宝诞生和成长的照片收录于《福宝》《福宝,每天都幸福》《福宝,永远爱你》。

福宝和宝家族的故事

福宝，永远爱你

韩国爱宝乐园 [韩]姜哲远 [韩]柳汀勋 著

春喜 译

北京联合出版公司

序 言

走在乡村竹林中，我会不由自主地拉过竹枝嗅竹叶清香。确认过竹子是在光照充足、通风的环境中长大，叶面光亮，未受过冻害，就想立刻带给宝家族的宝贝们品尝。

从我第一次见到大熊猫到现在，已经过去了三十多年，转眼之间和宝家族在一起也有七年了。

回想多年前，为了迎接大熊猫，爱宝乐园开始修建"熊猫世界"，营造适合大熊猫生活的环境，为大熊猫的入住而忙碌。我在中国见到乐宝和爱宝，通过眼神交流，邀请两只大熊猫和我一起去韩国，那时根本顾不上梦想成为"熊猫爷爷"，一心只惦记着让孩子们安全转移，适应新的环境。

来到韩国不久，乐宝、爱宝结为夫妇，现在他们已经是三个女儿的父母。在此期间，我有了福宝、睿宝、辉宝三个熊猫孙女，身份超越了"熊猫爸爸"，以"熊猫爷爷"而闻名。比起做社会名人，我更愿意做一个好饲养员，带着这份初心最终成为"著名饲养员"。我非常感谢这么长时间陪伴在旁的宝家族。

得知即将和福宝分开，我开始不断练习分别。我一直下定决心成为与动物们分别后不悔过往的饲养员，但每次都留下了"本可以对你更好……"的遗憾。

所以，此后只要是和福宝在一起的时间，我都会全身心地去爱她，珍惜她。当离别的时刻终于到来时，我会为她的崭新未来加油，报以微笑。

很久以前，我去中国接乐宝和爱宝的时候，那里开满了油菜花。所以，把两个孩子接回来以后，我每年春天都会在园区里种上油菜花，希望乐宝和爱宝看着油菜花会想起家乡。

即将回到中国的福宝，看到妈妈爸爸成长之地的油菜花，或许也会想起自己的出生地——韩国。

这段时间，我给了福宝很多关爱，也收获了很多幸福。我希望有一天能再次带福宝观赏我亲手种下的油菜花。

福宝，明年还想送你一朵漂亮的油菜花。

可是，爷爷为什么总是眼含泪花呢？

饲养员

姜哲远

2024年初

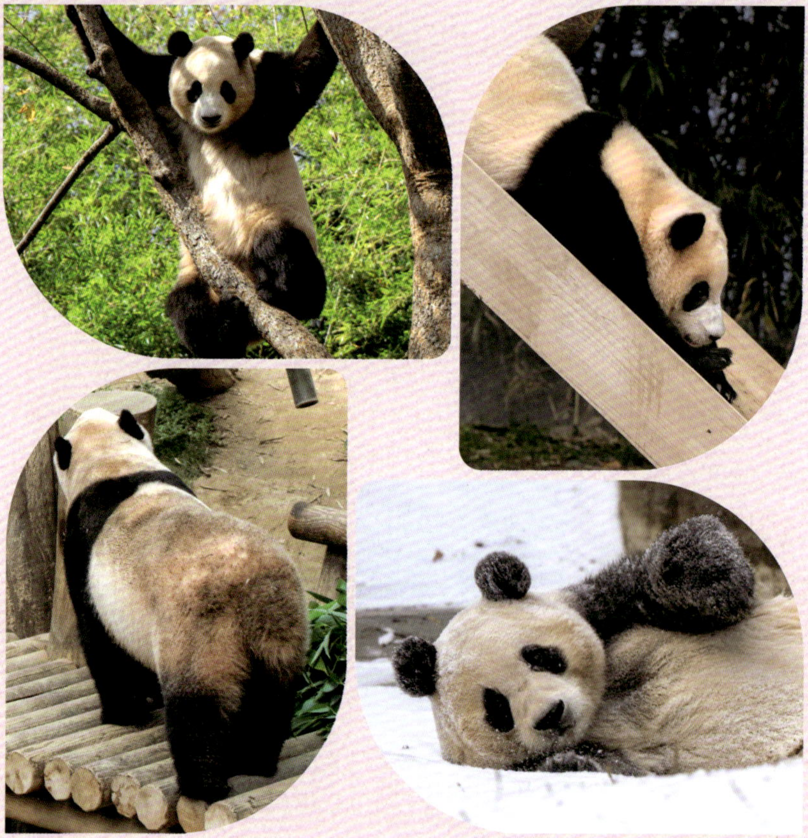

目 录

✦ 第一章　福宝，永远的熊猫宝宝 · *006*

✦ 彩　蛋　我们是宝家族 · *058*

✦ 第二章　乐宝，成为绅士的少年 · *060*

✦ 第三章　爱宝，我永远的爱 · *094*

✦ 第四章　睿宝和辉宝，另一份礼物 · *132*

✦ 彩　蛋　熊猫世界的每个角落 · *160*

第一章

福宝，永远的熊猫宝宝

爷爷写给福宝的一封信

福宝：

我是爷爷。

最近突然感觉你站在了步入成年的路口。

直到去年春天，你还浑身散发着宝宝的气息，但现在已经三岁的你，看起来正在变成像妈妈一样潇洒的成年熊猫。

不怎么吃东西，睡眠也大量减少，活动量却增加了，你知道爷爷和姨妈、叔叔们多担心吗？不过，你在那段时间很好地克服了成长过程中遇到的困难，所以爷爷一直相信你，等待着你。

爷爷突然想起了你即将迎来出生100天的那几日。你的体重突然减轻，身上还长了脓包，妈妈和爷爷都很担心。但你挺过来了，很快就开始走路。当你歪歪扭扭地走向爷爷怀抱的时候，当你断奶开始吃竹子的时候，当你离开妈妈和爷爷独立生活的时候，所有瞬间对我来说都是莫大的喜悦。

第一章 福宝，永远的熊猫宝宝

　　福宝！爷爷虽然明白所有的相遇都以离别为前提，但这并不意味着不会悲伤。不过，我会尽量从容应对。

　　福宝，你在这段时间给爷爷和很多人带来了幸福，也得到了很多人的关爱。或许正因如此，你长成了一个十分开朗漂亮的孩子。好好珍藏这些爱和回忆吧！面对新环境，你不必感到太陌生，因为帮助你、爱你的人会一直陪伴着你。

　　爷爷希望你充分发挥从妈妈那里学到的众多生存技能。过去两年多的时间里，你在妈妈的百般宠爱下长大，肯定会比其他熊猫做得更好。如果你遇到困难，就回想一下爷爷对你说过的话，其中肯定有答案。

　　福宝，爷爷不会忘记曾经与你共度的时光，会把这段回忆永远珍藏在心，一直支持你。你也要好好珍藏和妈妈、爷爷在一起时的点点滴滴，还有那么多爱你、疼你的人的样子。

不管你在哪里，和谁在一起，
福宝，你是我们永远的熊猫宝宝！

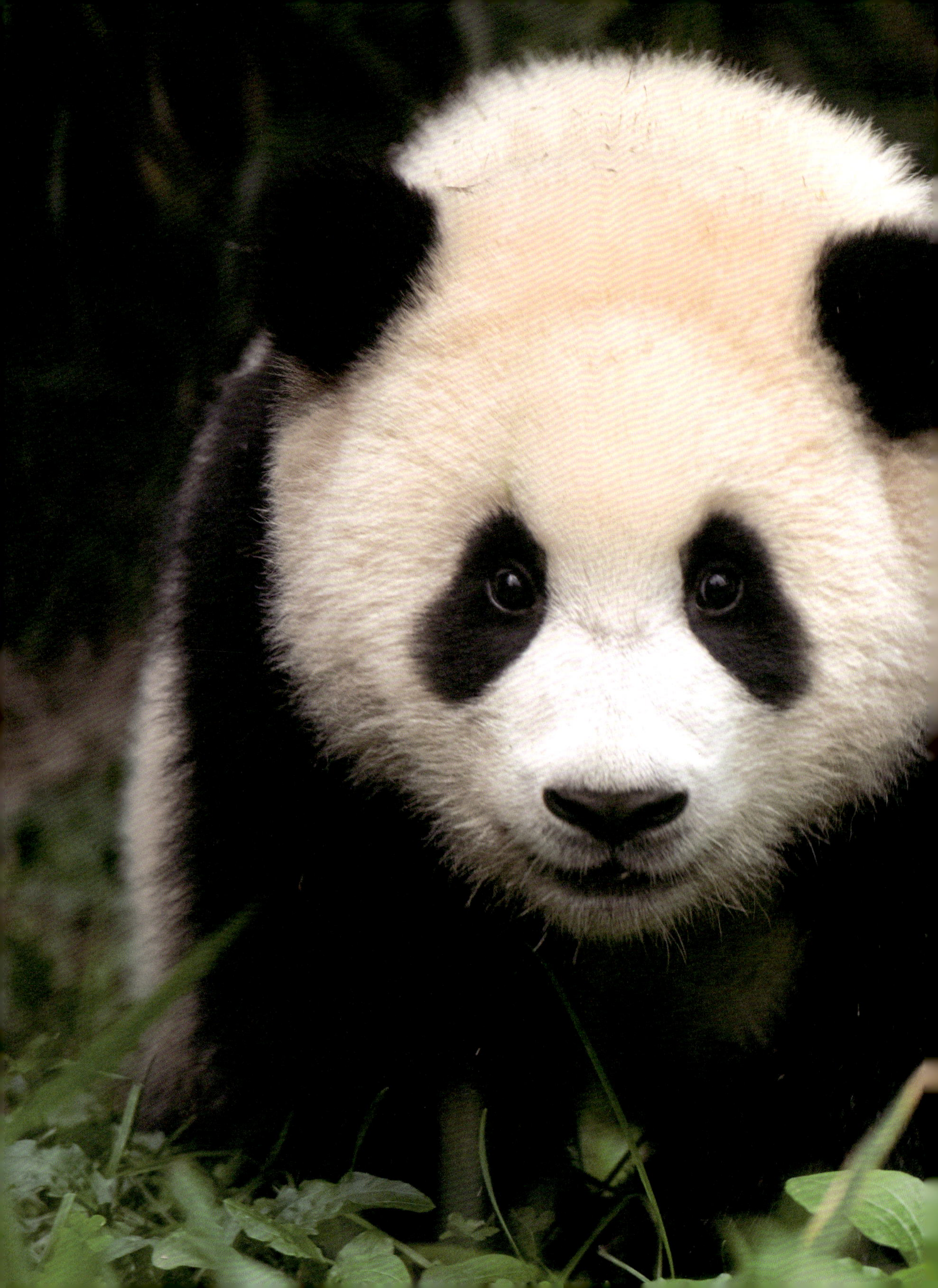

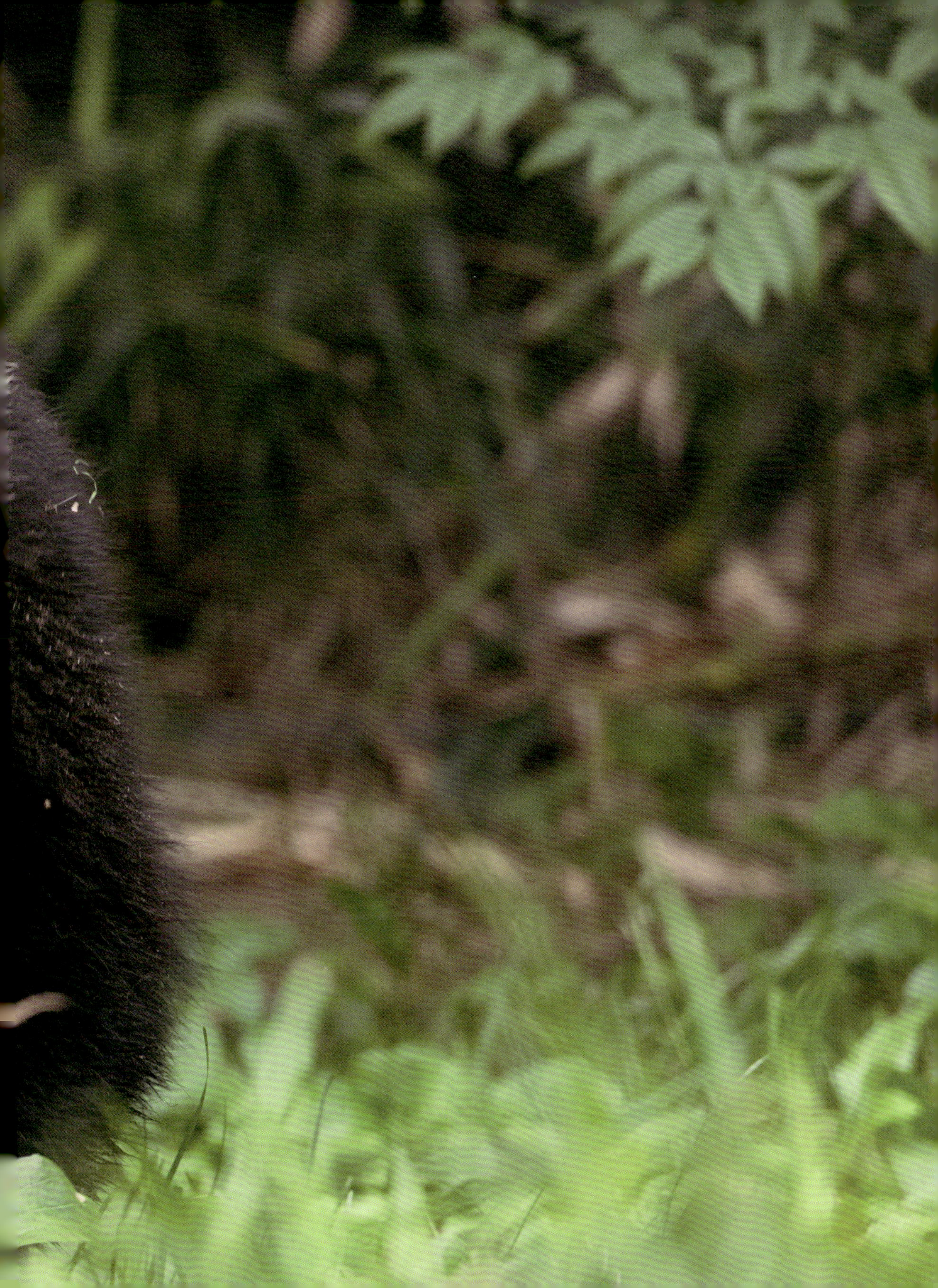

◇ 福宝，永远爱你

第一章 福宝，永远的熊猫宝宝

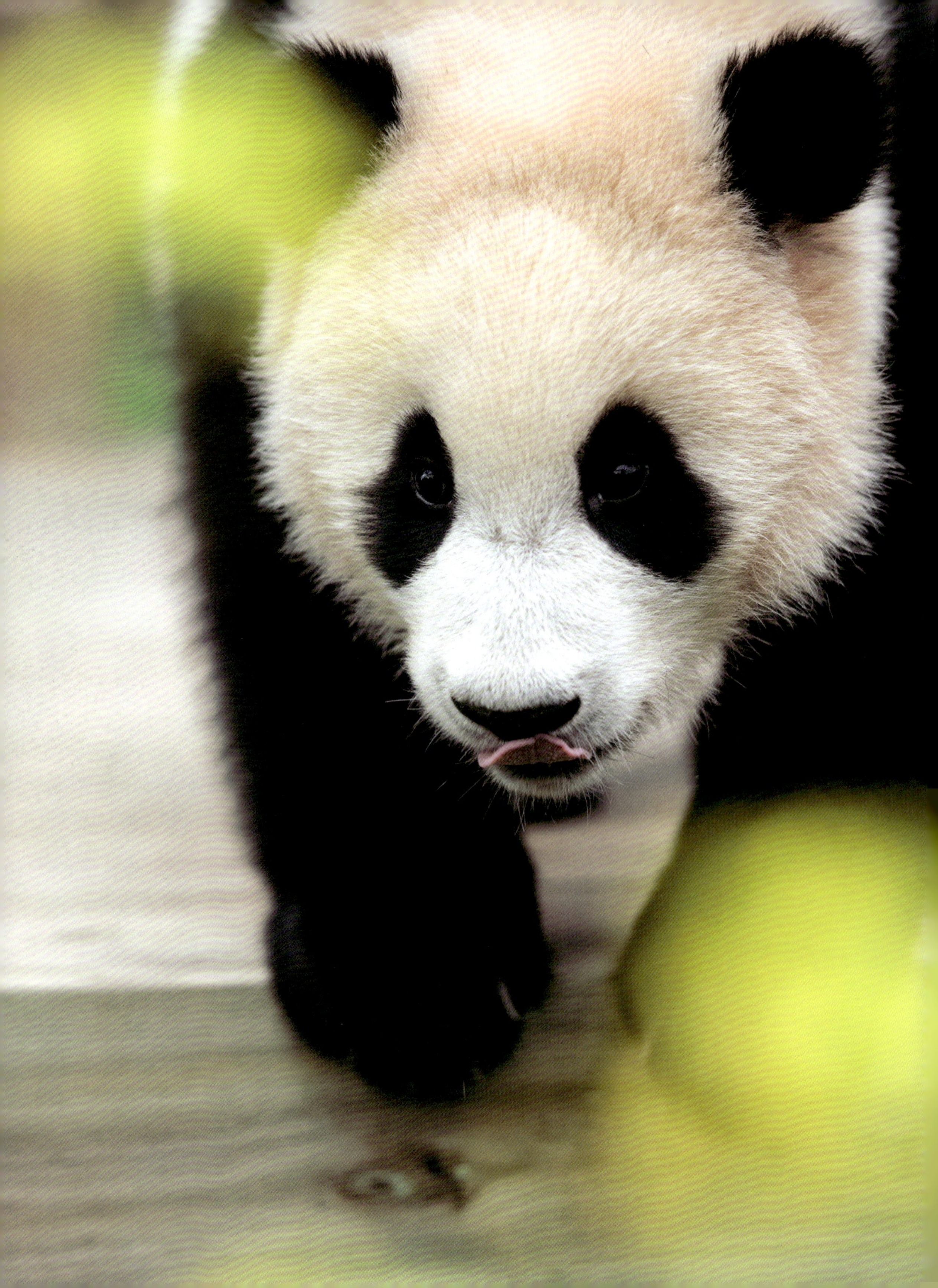

第一章 福宝，永远的熊猫宝宝

2021年3月，福宝出生以后迎来的第一个春天，最先看到的花就是油菜花。

← 福宝，永远爱你

第一章 福宝，永远的熊猫宝宝

因为和福宝在一起而感到幸福的某个春日。
现在每次看到油菜花，我们都会想起彼此吧？

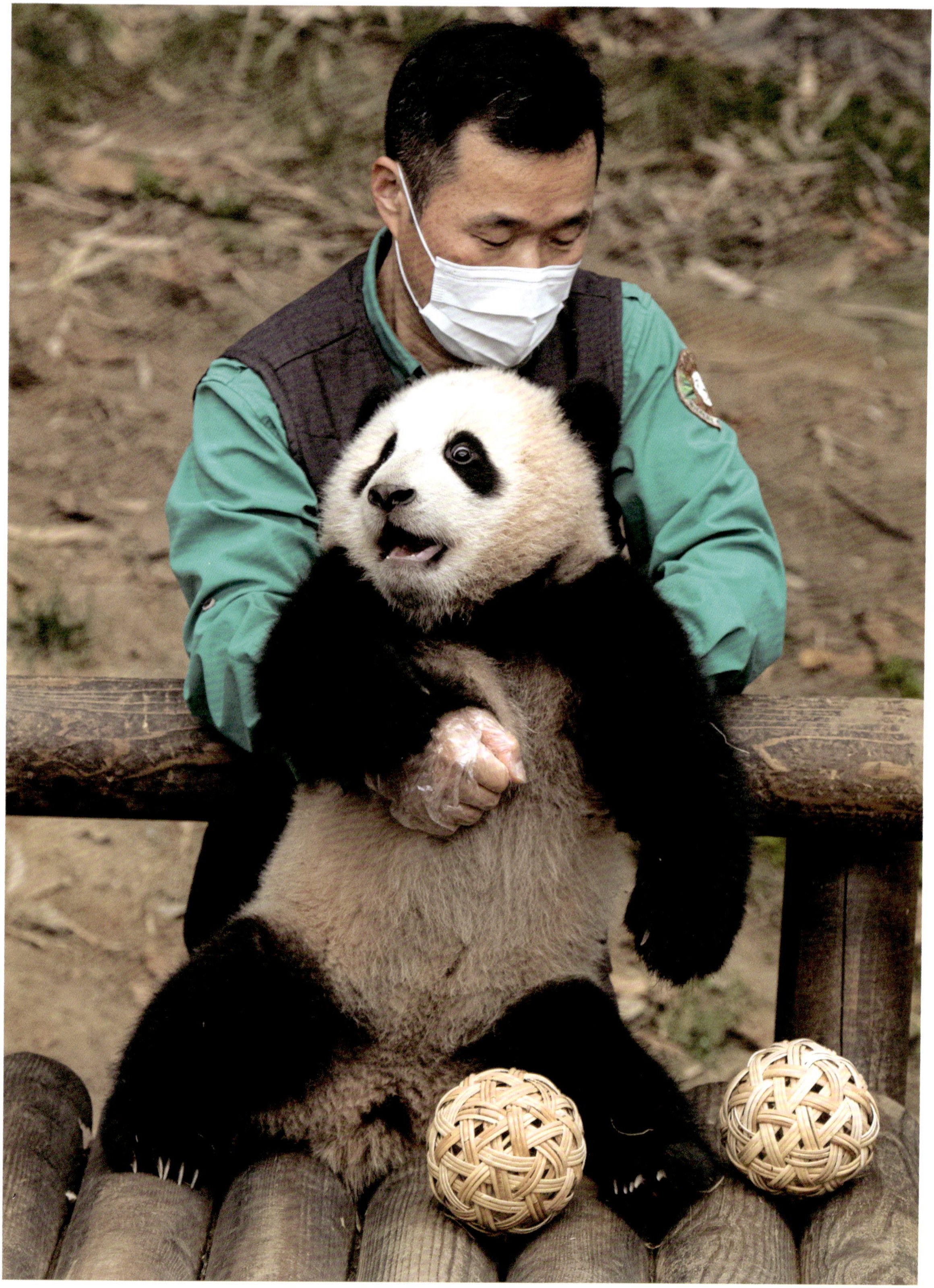

第一章 福宝，永远的熊猫宝宝

比起玩球，幼年期的福宝更喜欢抱着爷爷的腿。

← 福宝，永远爱你

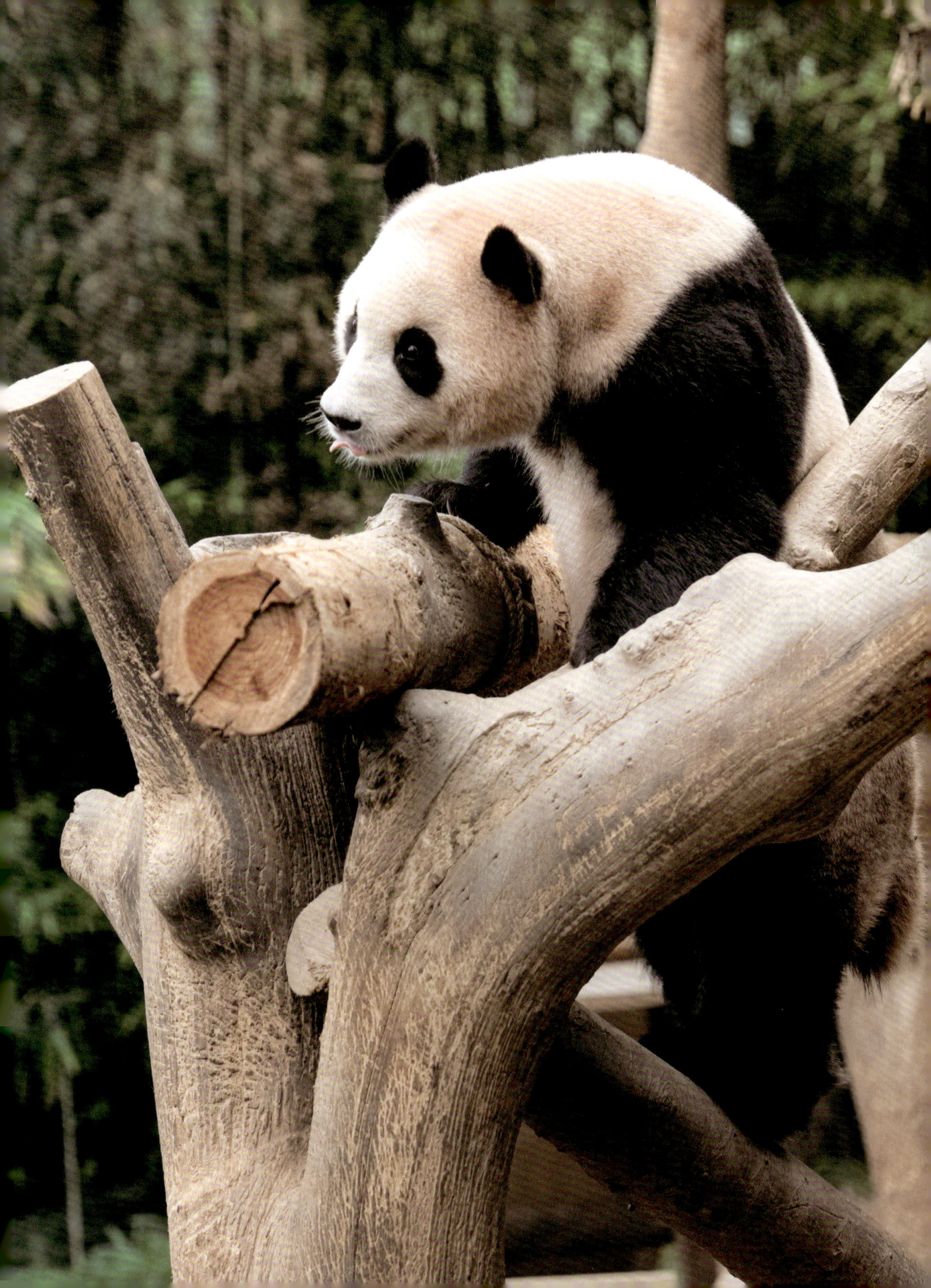

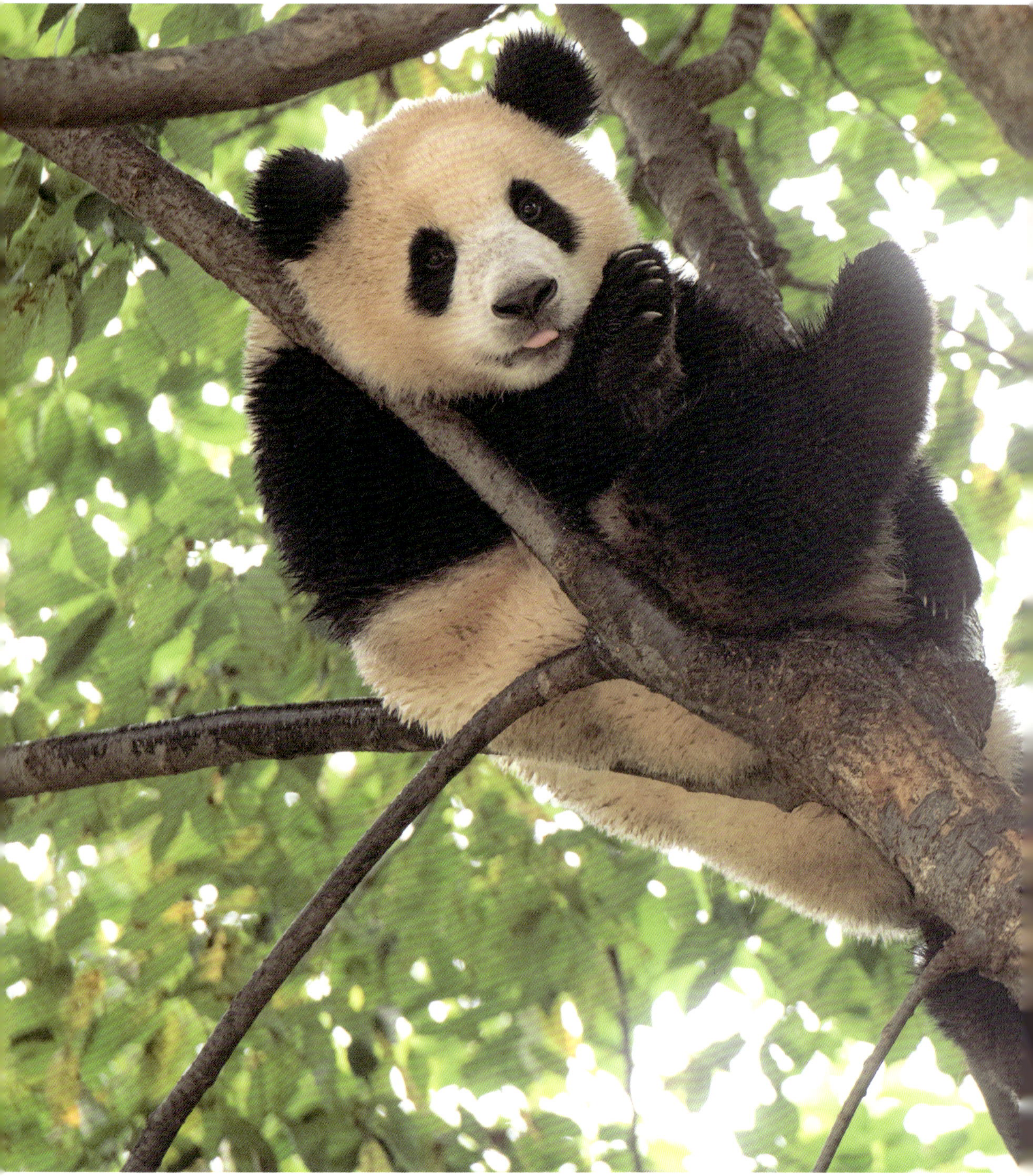

第一章 福宝，永远的熊猫宝宝

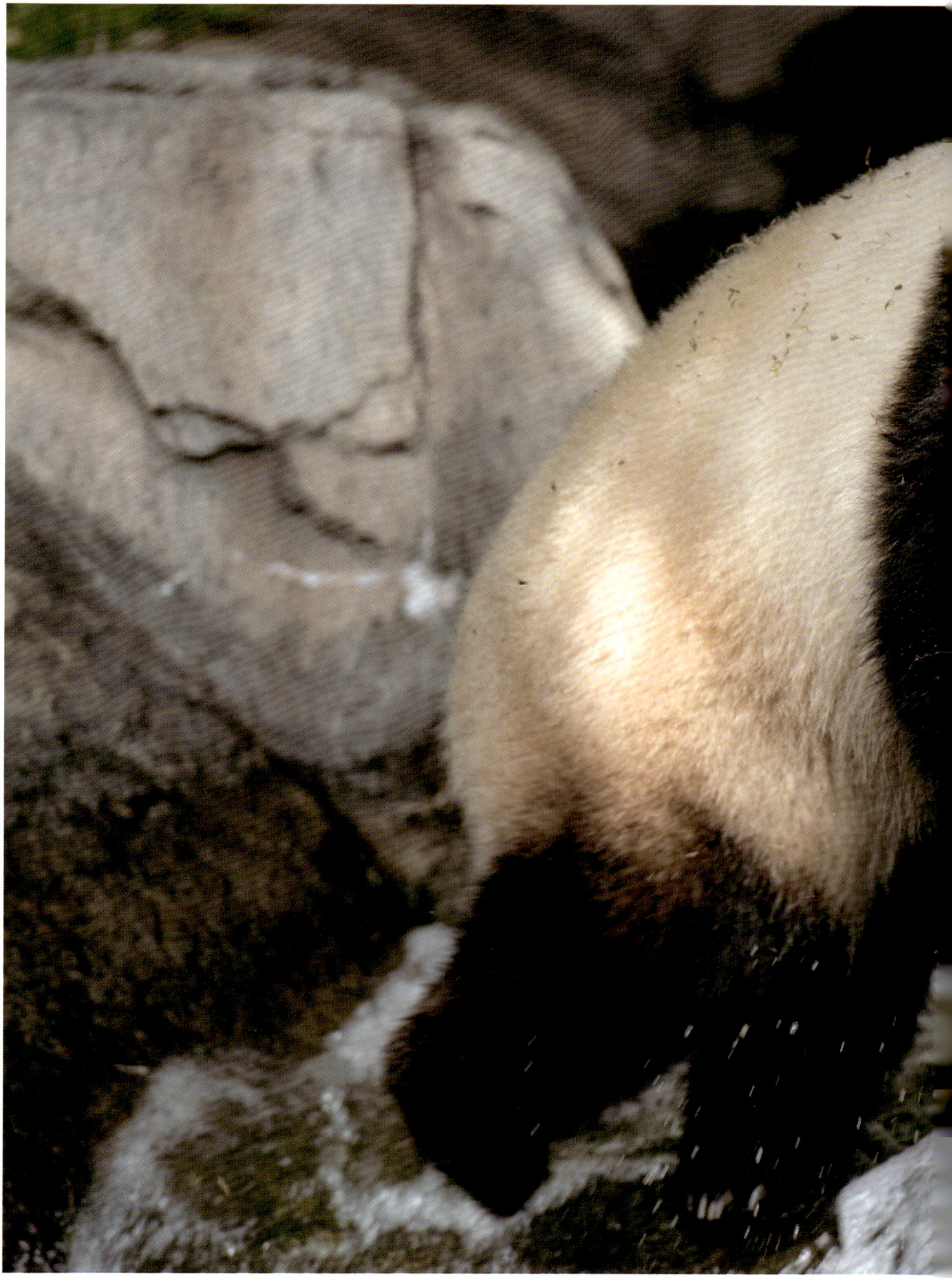

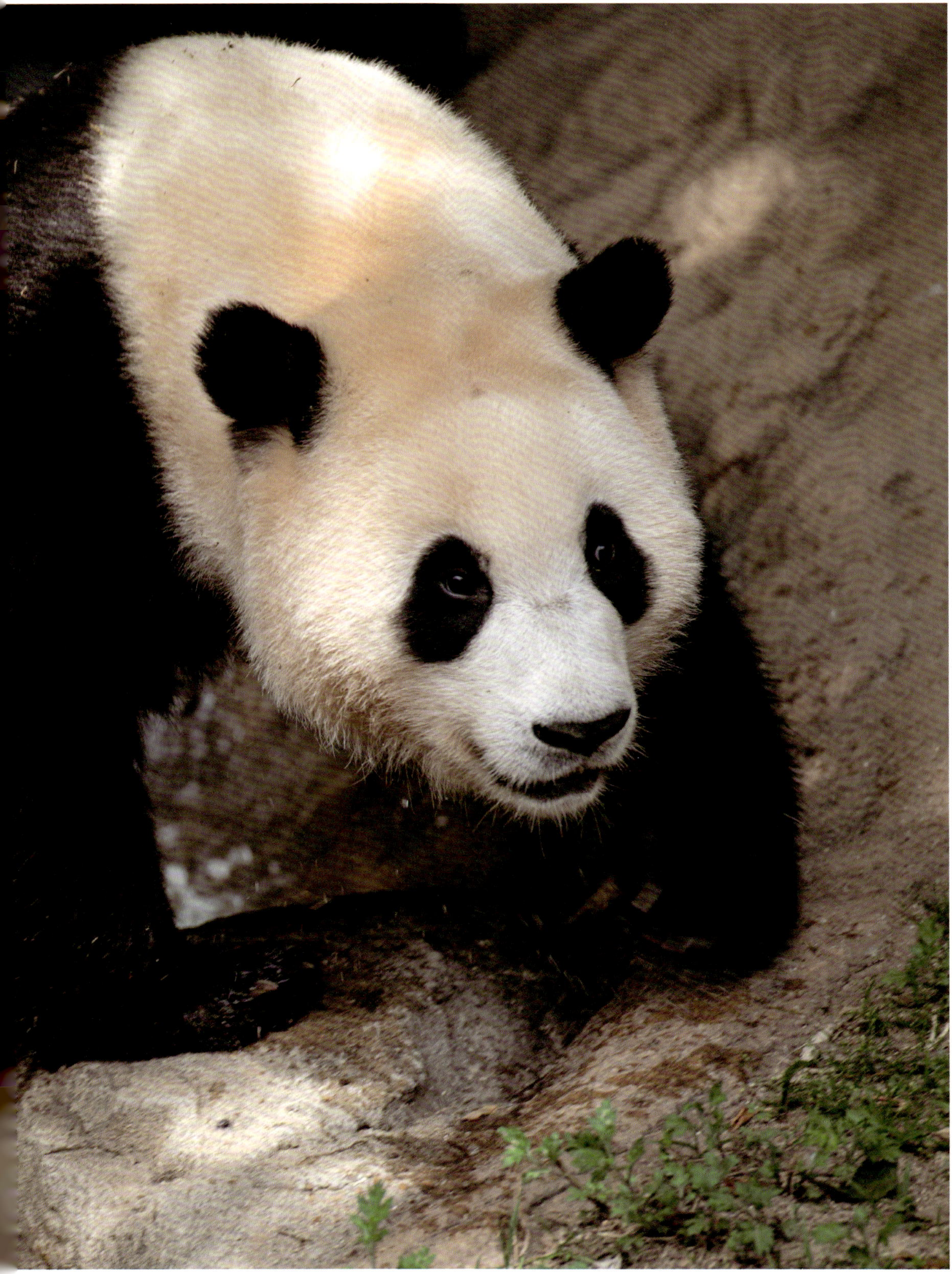

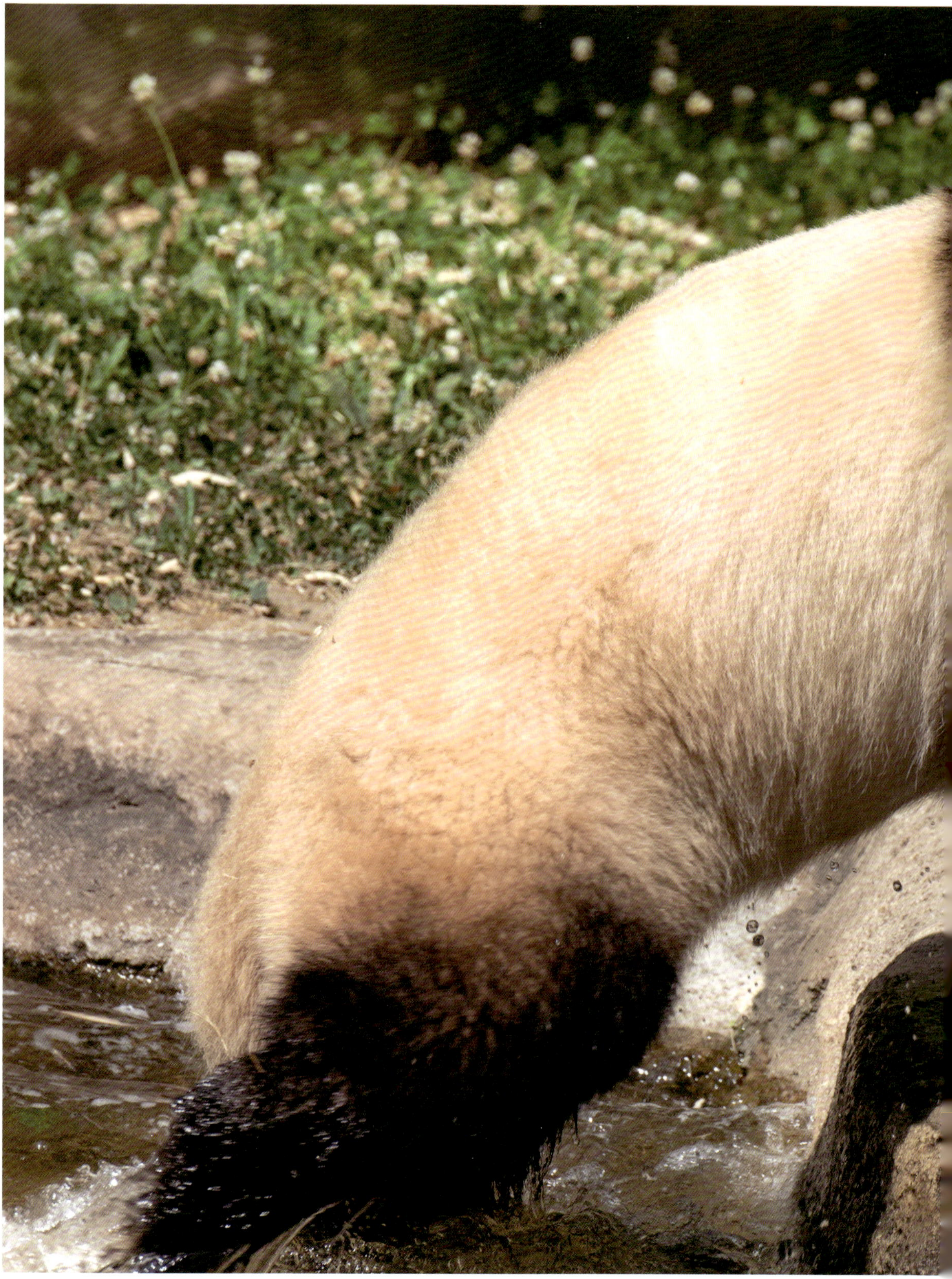

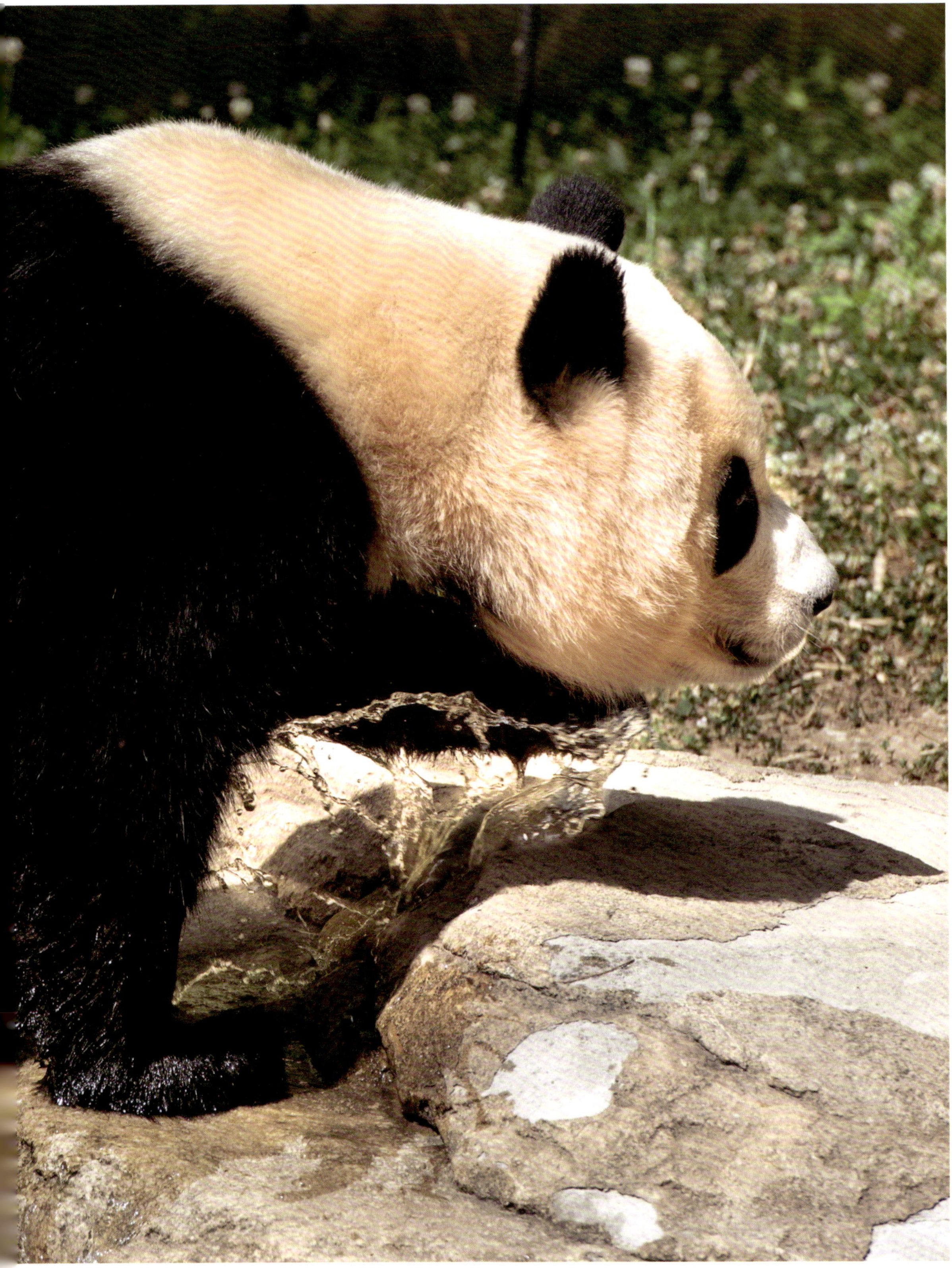

✧— 福宝,永远爱你

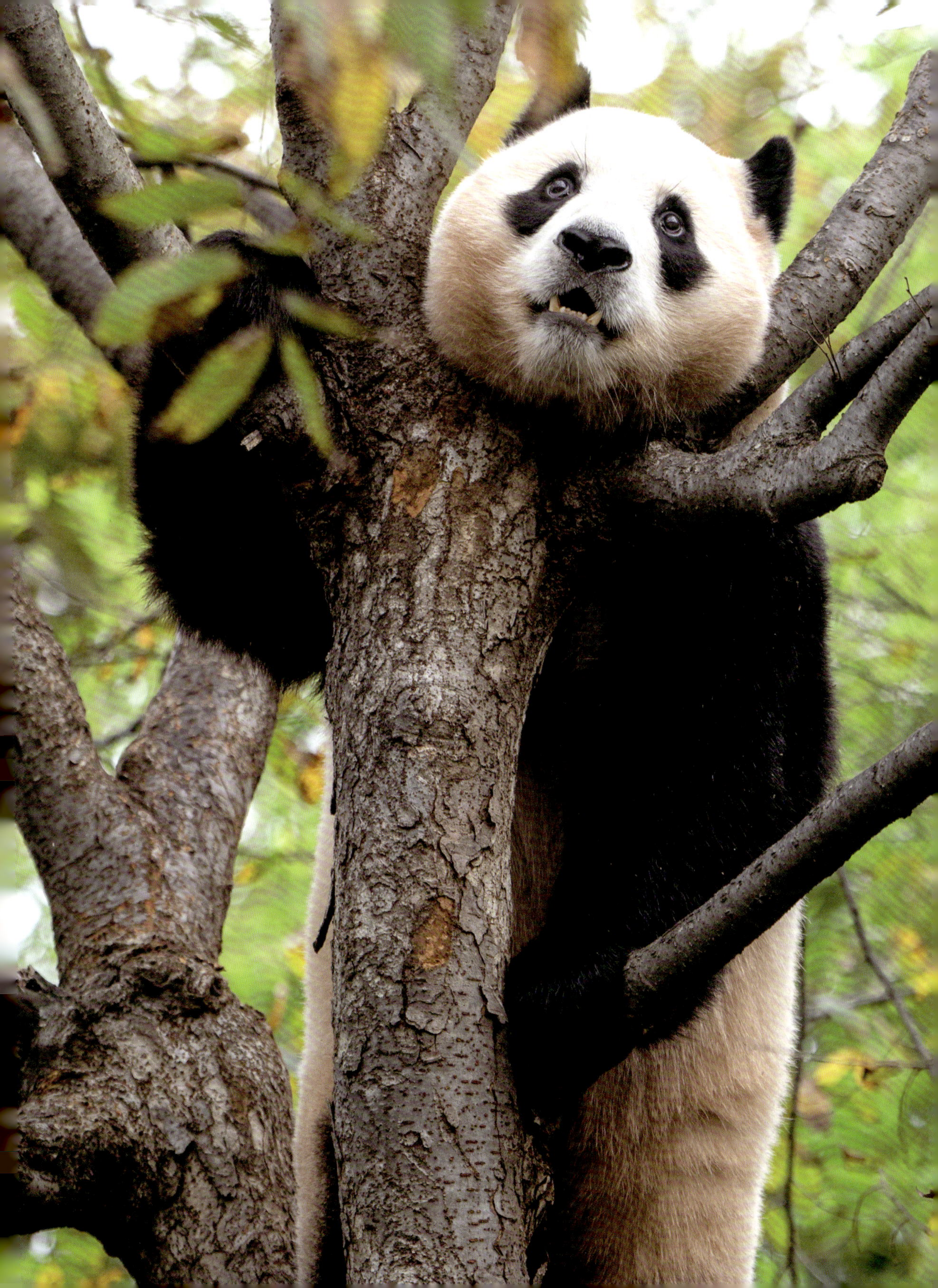

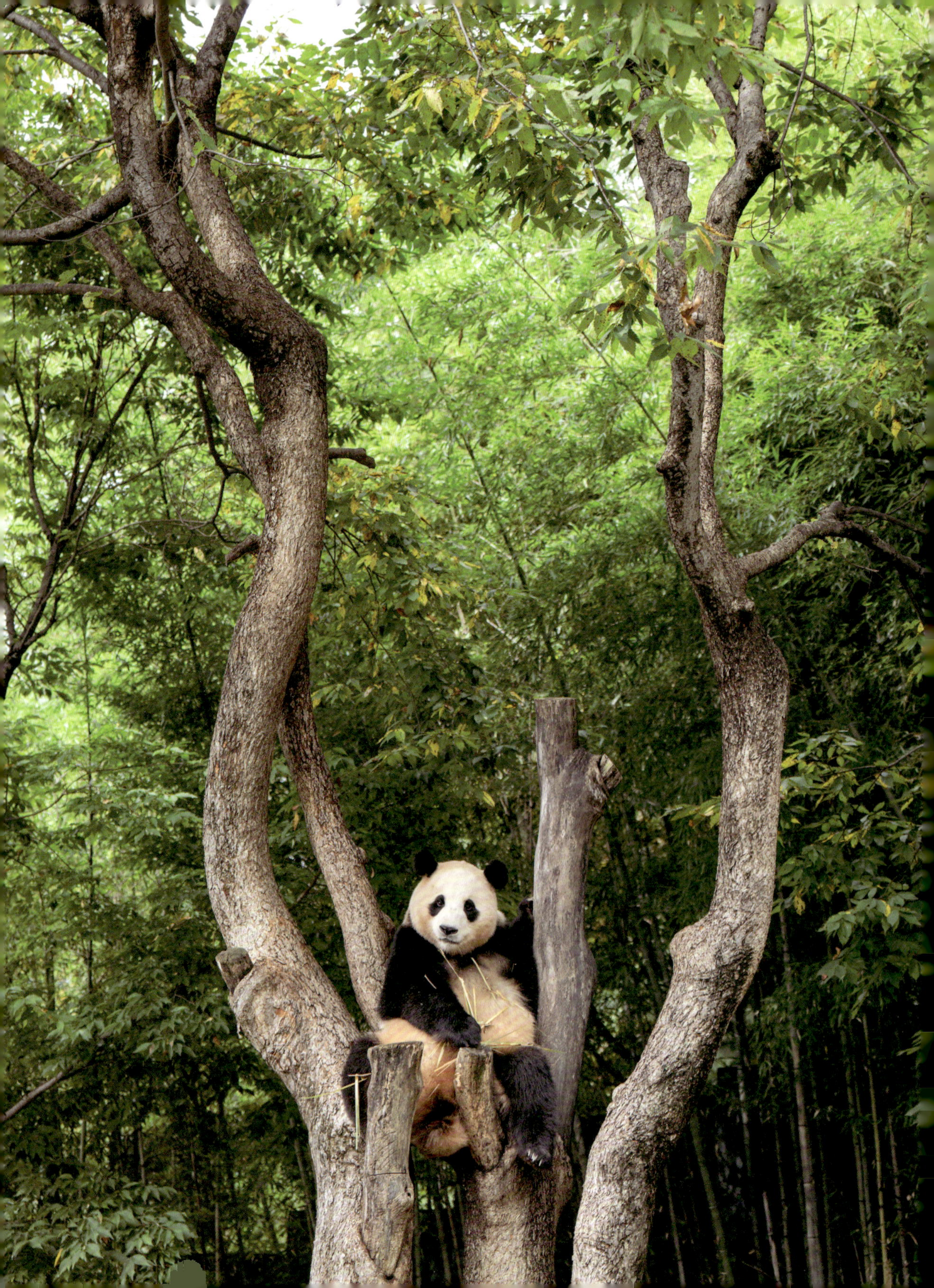

第一章 福宝，永远的熊猫宝宝

✧— 福宝，永远爱你

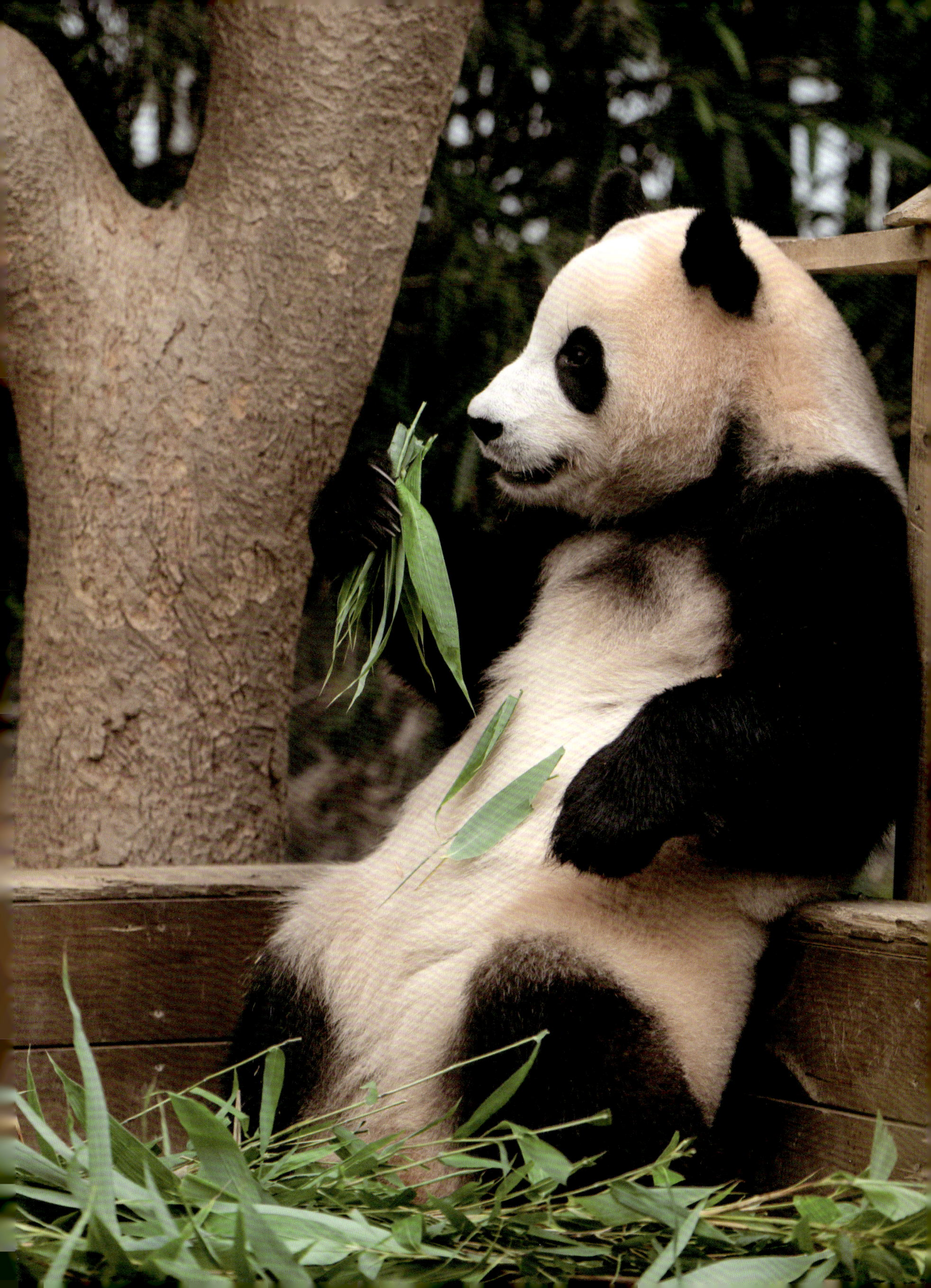

✧—福宝，永远爱你

曾经恐惧爬高的福宝，

终于独自踏上平衡木的瞬间。

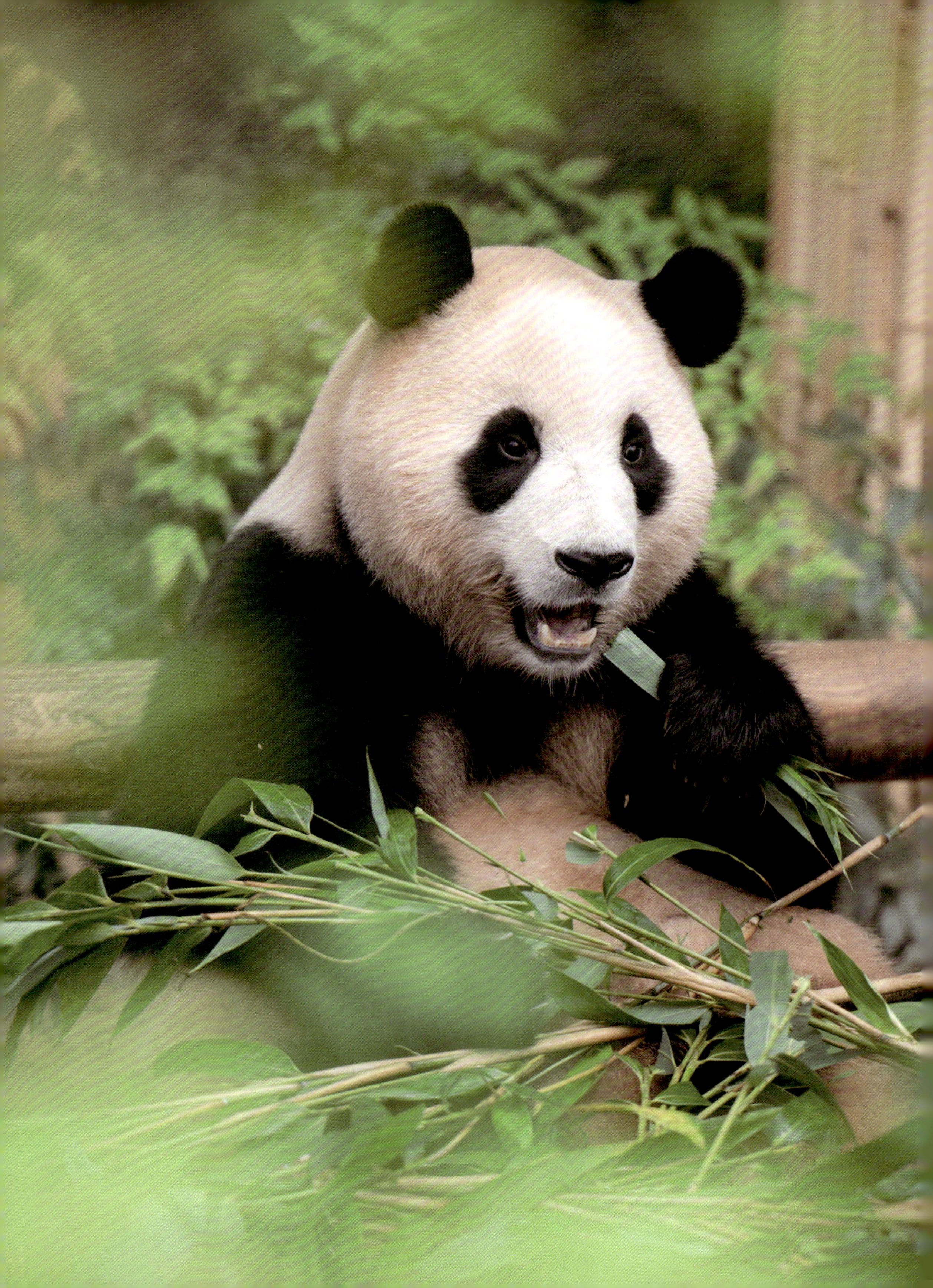

第一章 福宝，永远的熊猫宝宝

✧—福宝，永远爱你

第一章 福宝，永远的熊猫宝宝

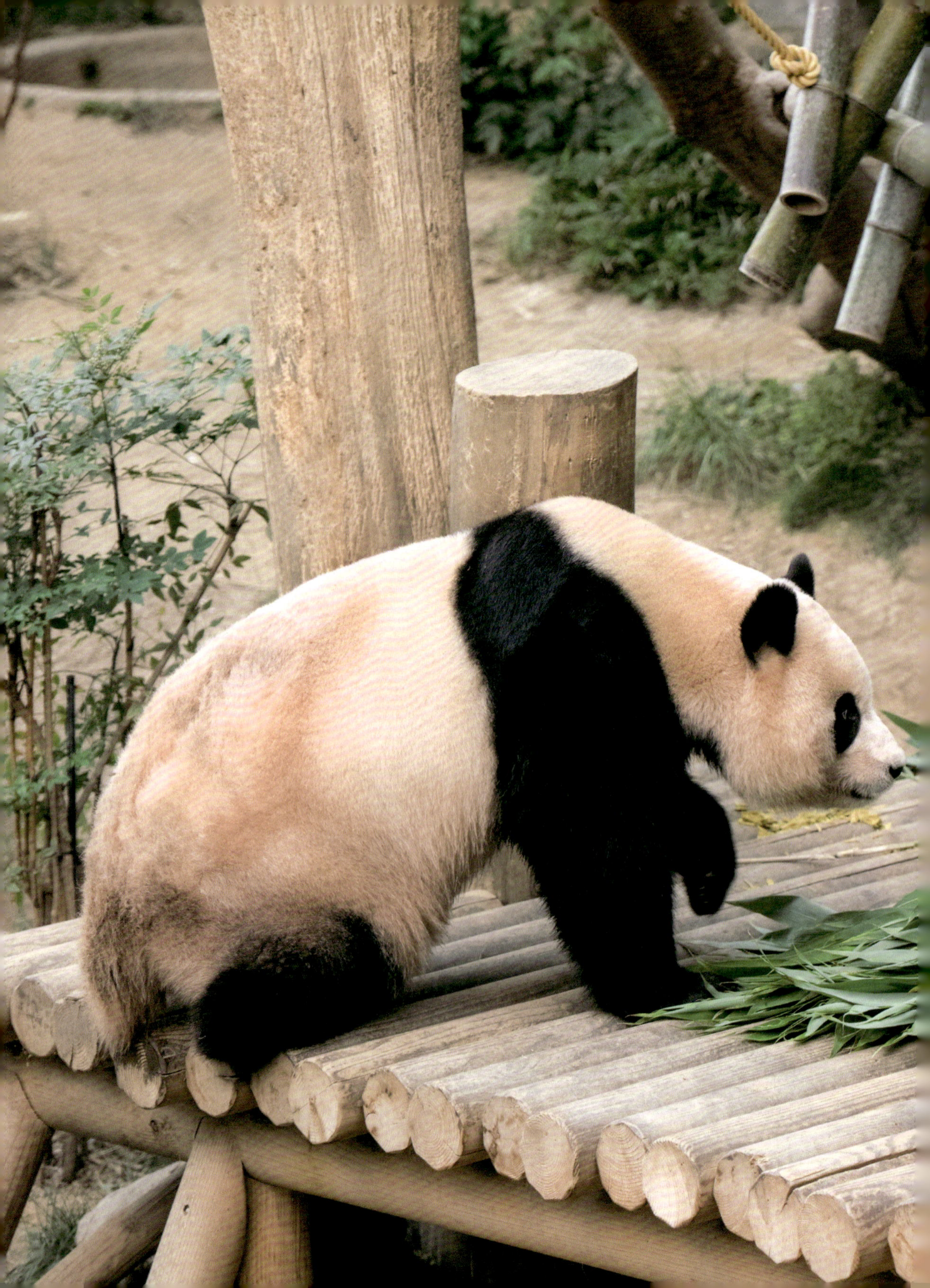

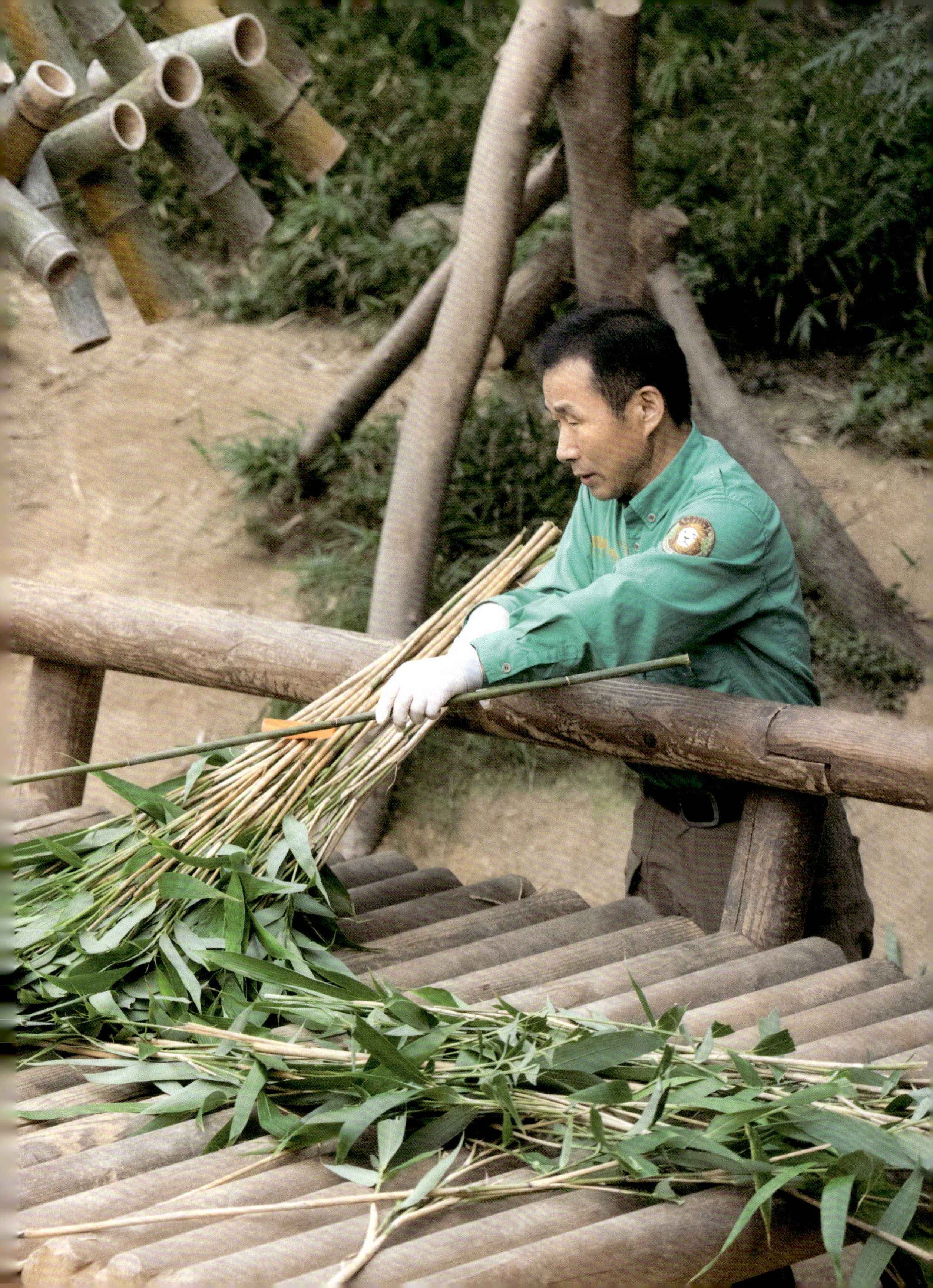

◇— 福宝，永远爱你

第一章 福宝，永远的熊猫宝宝

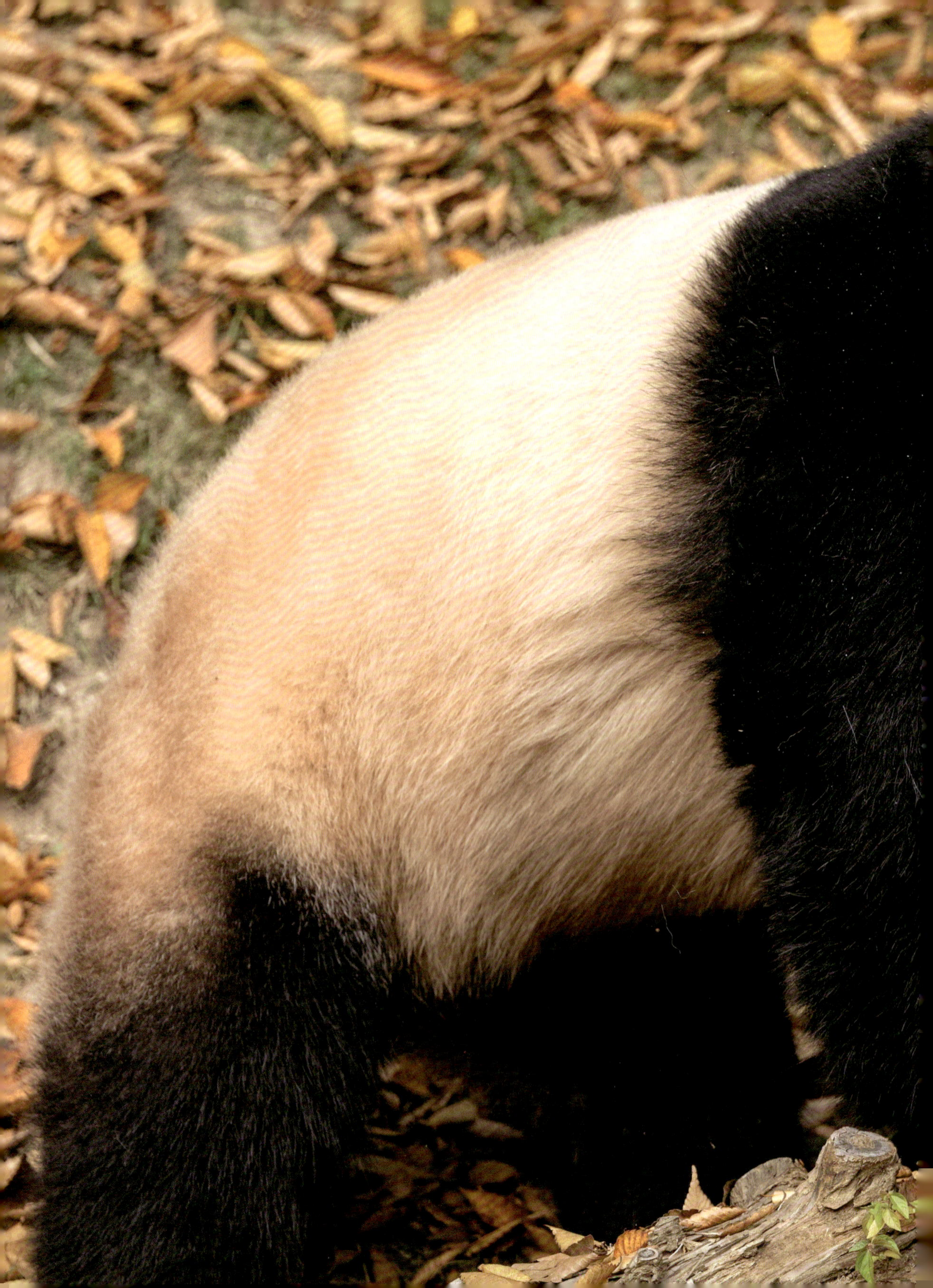

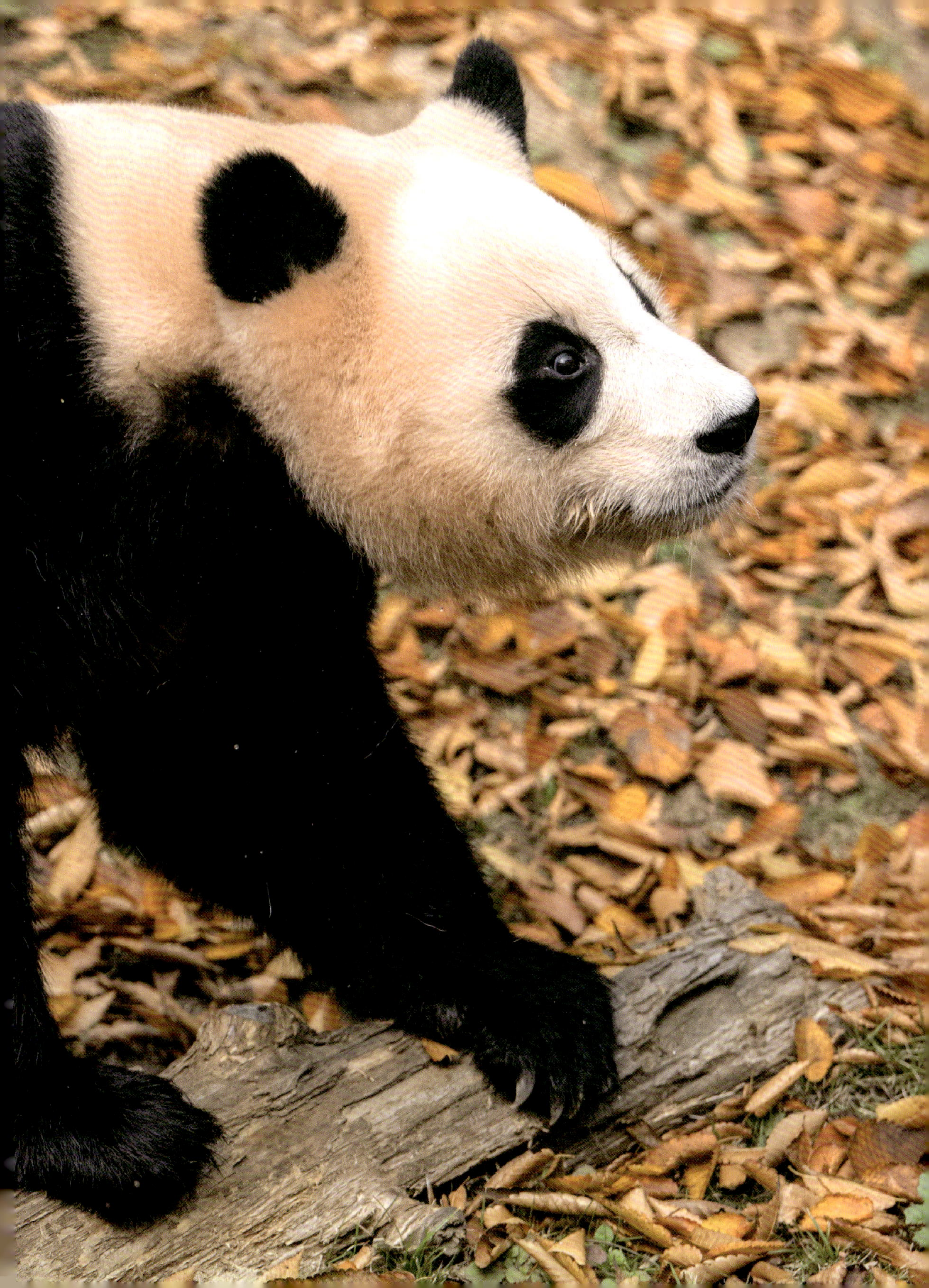

☆—福宝，永远爱你

第一章 福宝，永远的熊猫宝宝

福宝，永远爱你

尽情享受秋天的福宝，眼神中透着顽皮。

福宝从小就喜欢把自己埋在落叶里淘气。

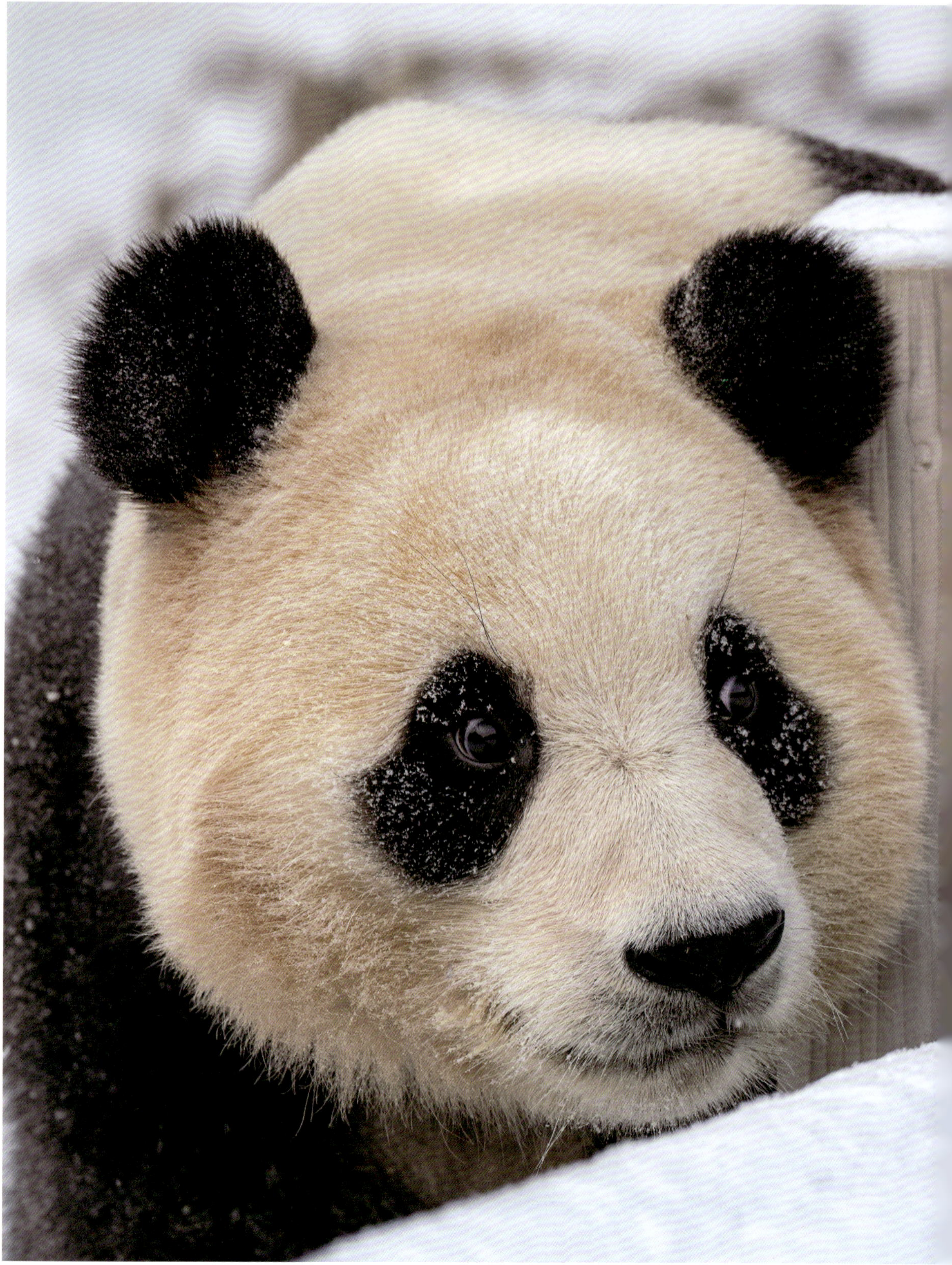

第一章 福宝，永远的熊猫宝宝

福宝在韩国度过的
最后一个冬季。
天空飘起了白雪，
像是送给福宝的礼物。

福宝，永远爱你

第一章 福宝，永远的熊猫宝宝

福宝喜欢在雪地里翻滚撒欢儿，所以每个雪天都带她到外场玩耍。

✧―福宝，永远爱你

第一章 福宝，永远的熊猫宝宝

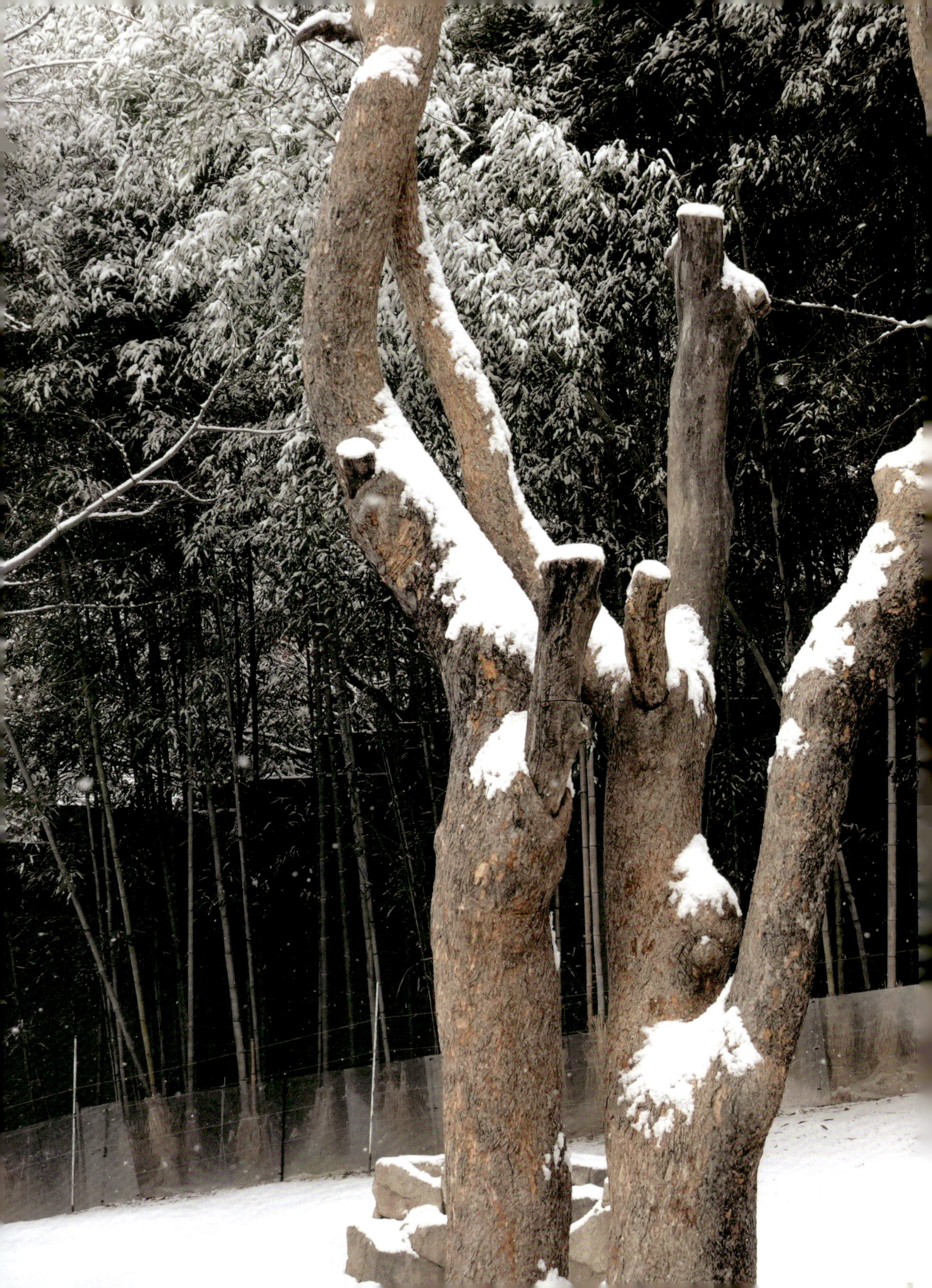

福宝，我们会永远珍藏和你在一起的回忆！

彩蛋

我们是宝家族
仿佛从一个模子里刻出来的宝们

福宝 & 乐宝

✦ 喜欢躺着吃饭

✦ 爬上高高的树枝，沉醉在浪漫的景色之中

福宝 & 睿宝 & 辉宝

✦ 满眼好奇的三姐妹

福宝 & 爱宝

✦ 喜欢滚来滚去

✦ 对各种声音做出反应

乐宝 & 睿宝 & 辉宝 & 爱宝 & 福宝

✦ 乐宝和睿宝的V字形背纹，辉宝、爱宝、福宝的U字形背纹

第二章

乐宝，成为绅士的少年

爸爸写给乐宝的一封信

乐宝：

我看到福宝时总会想起你，"种下乐宝长出福宝"。虽然你们没在一起生活过，但是每当看到福宝像你一样用右手吃竹子，或者躺成"大"字形吃饭的时候，我都会在心里感叹："女儿果然是乐宝的完美复刻啊。"我经常在福宝的脸上看到你的飒爽英姿，不过福宝可能并不喜欢。

我想起金灿灿的油菜花盛开的某个春日，你沿着外场溪边花路大步走来，宛然一只沉醉在春日里的浪漫熊猫。我看着你笑了，也为你在不知不觉间变得稳重的样子而感到踏实。

后来，我又在福宝身上看到了你以前躺在草地斜坡上露着肚皮滑滑梯的淘气样子，扑哧笑了出来。还有她在草地上翻跟头的姿态，也和你如出一辙。

第一次见面时，你像倒立一样双手撑地悬挂在护栏上"嗯嗯"地叫着，似乎在跟我搭话，告诉我以后好好相处。我会永远记住你那一刻的样子。虽然稍有偏差就有可能错过我们的相遇，但我下定决心和你结缘，真的十分幸运。

像是为了报答我对你的心意，你把福宝这份弥足珍贵的礼物送给了我。

福宝很像你，也长成了一只淘气的熊猫。我很期待你的双胞胎女儿会在哪些方面和爸爸相像。对了，我也告诉过双胞胎妹妹们，她们的爸爸是一只很英俊的熊猫。

现在，你已经度过了无比淘气的幼年期，成长为潇洒的成年绅士。但我不会忘记那时的你一点点靠近我身边的顽皮样子。

当油菜花开时，当我路过芬芳的竹林时，当迎来满园的积雪时，当我面对在寒冷的日子里呼呼喷着鼻息的其他动物朋友时，我都会想起你。曾经调皮可爱的少年乐宝，以及成为帅气爸爸的绅士乐宝。

乐宝，谢谢你，我爱你！

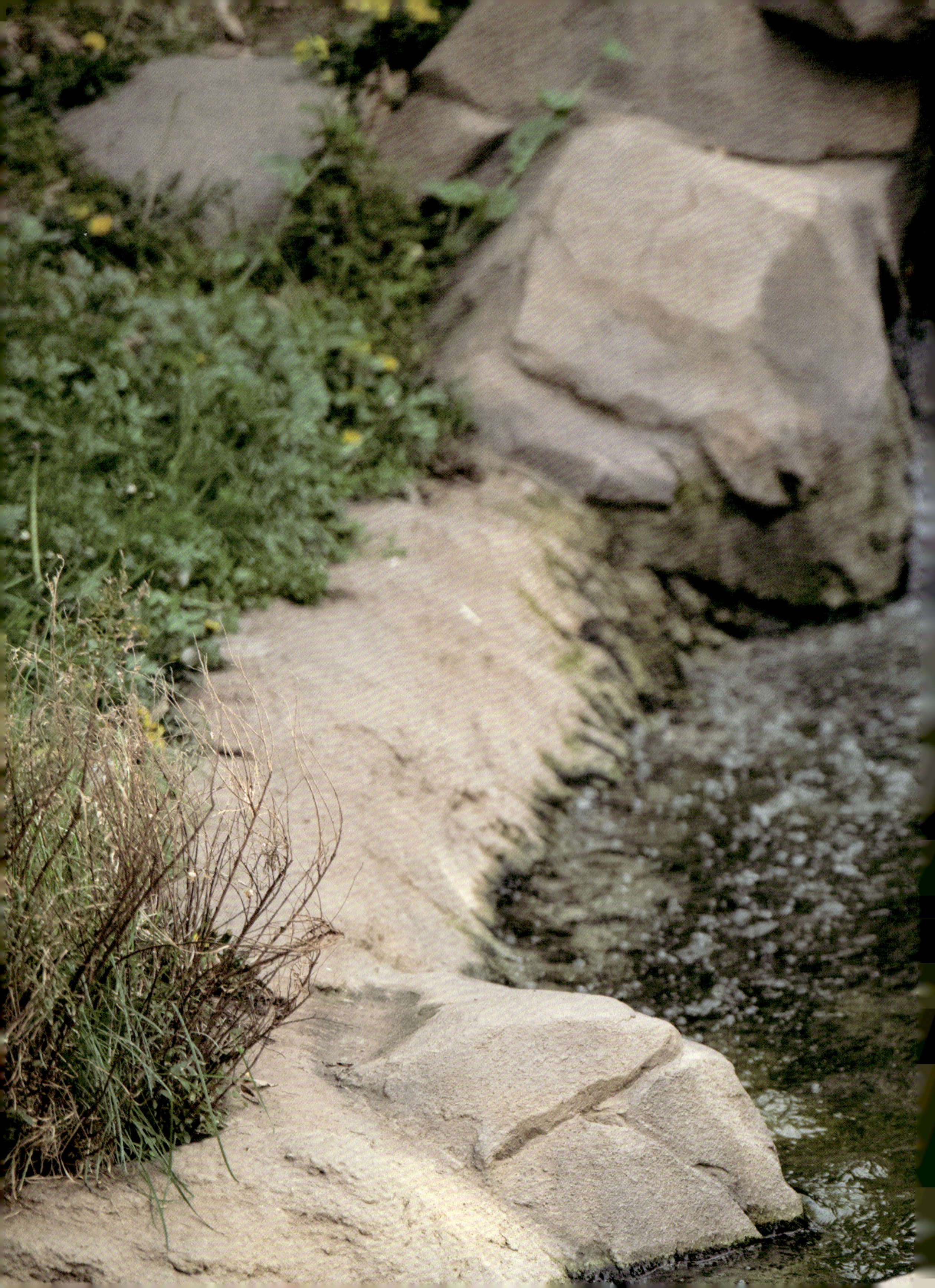

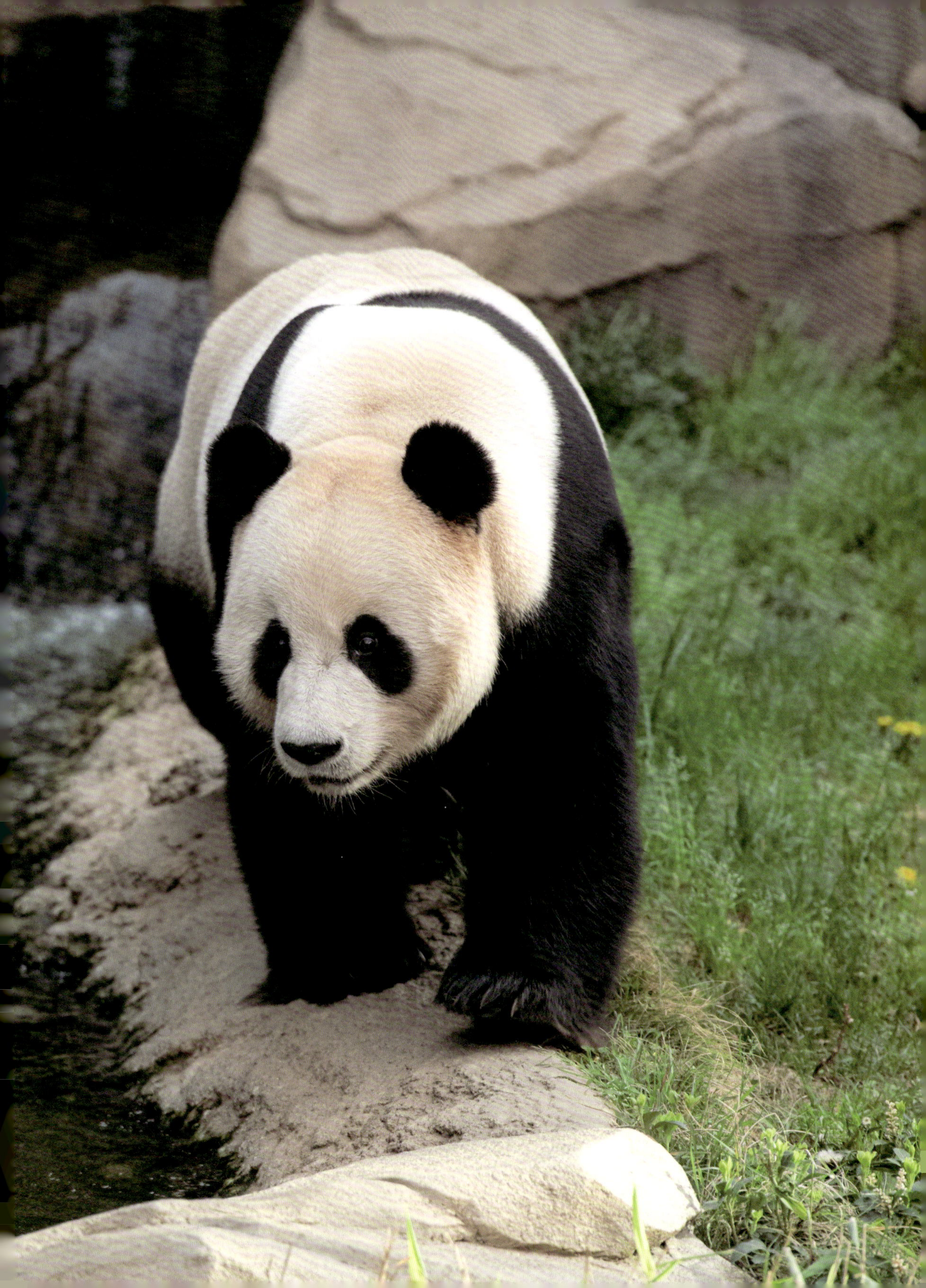

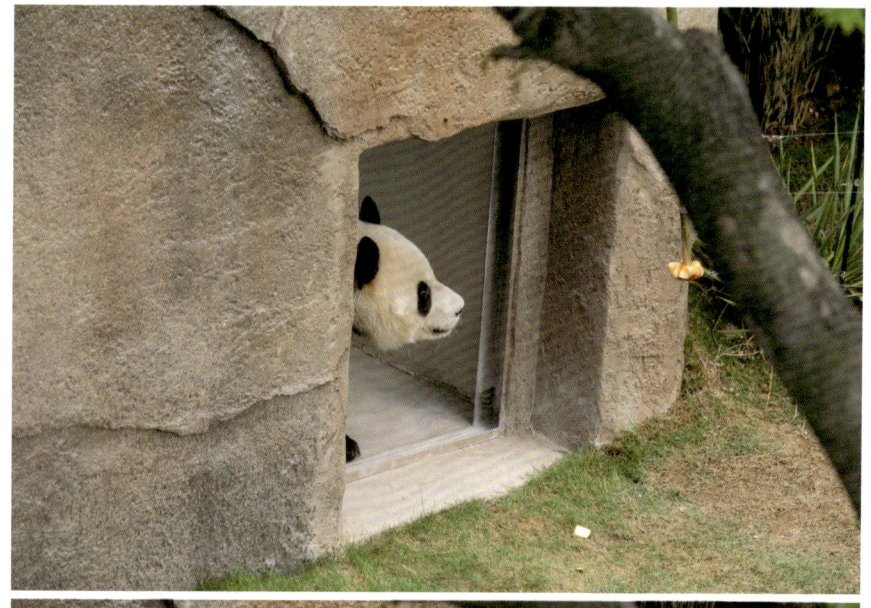

2016年3月，乐宝首次出现在外场的日子。
乐宝似乎感觉很陌生，但他既不紧张，也不害怕，
昂首阔步地走了出来。

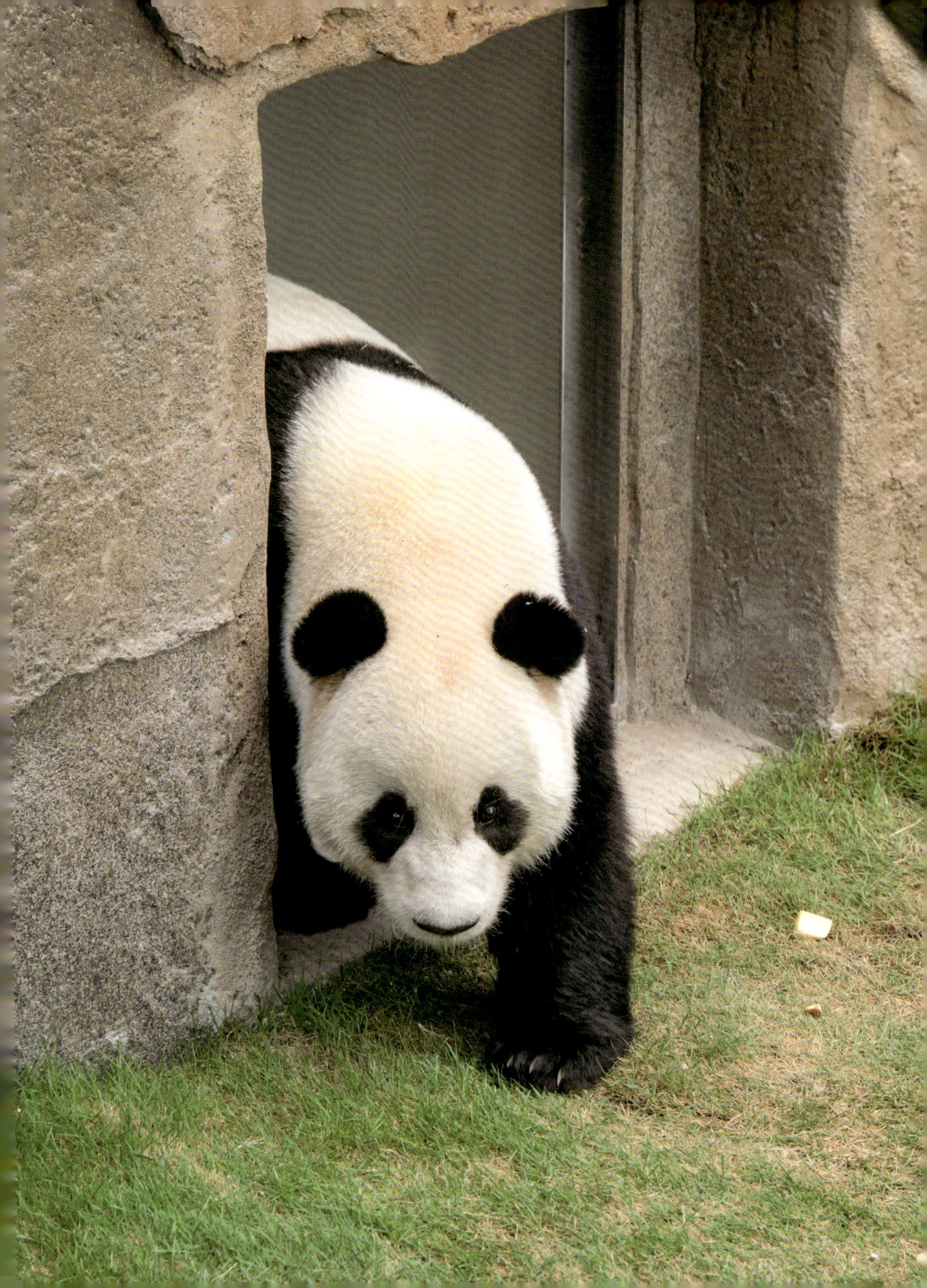

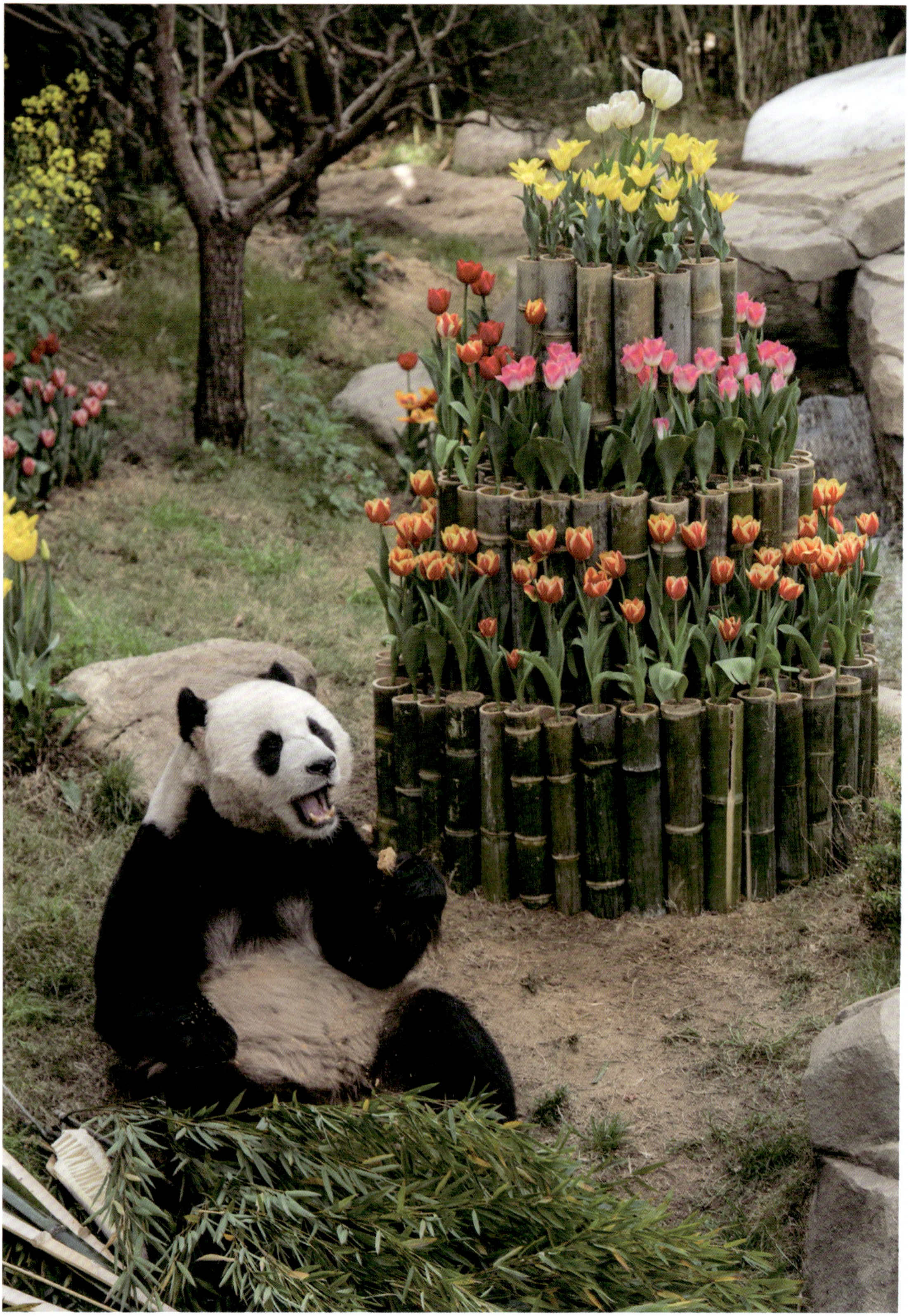

第二章 乐宝，成为绅士的少年

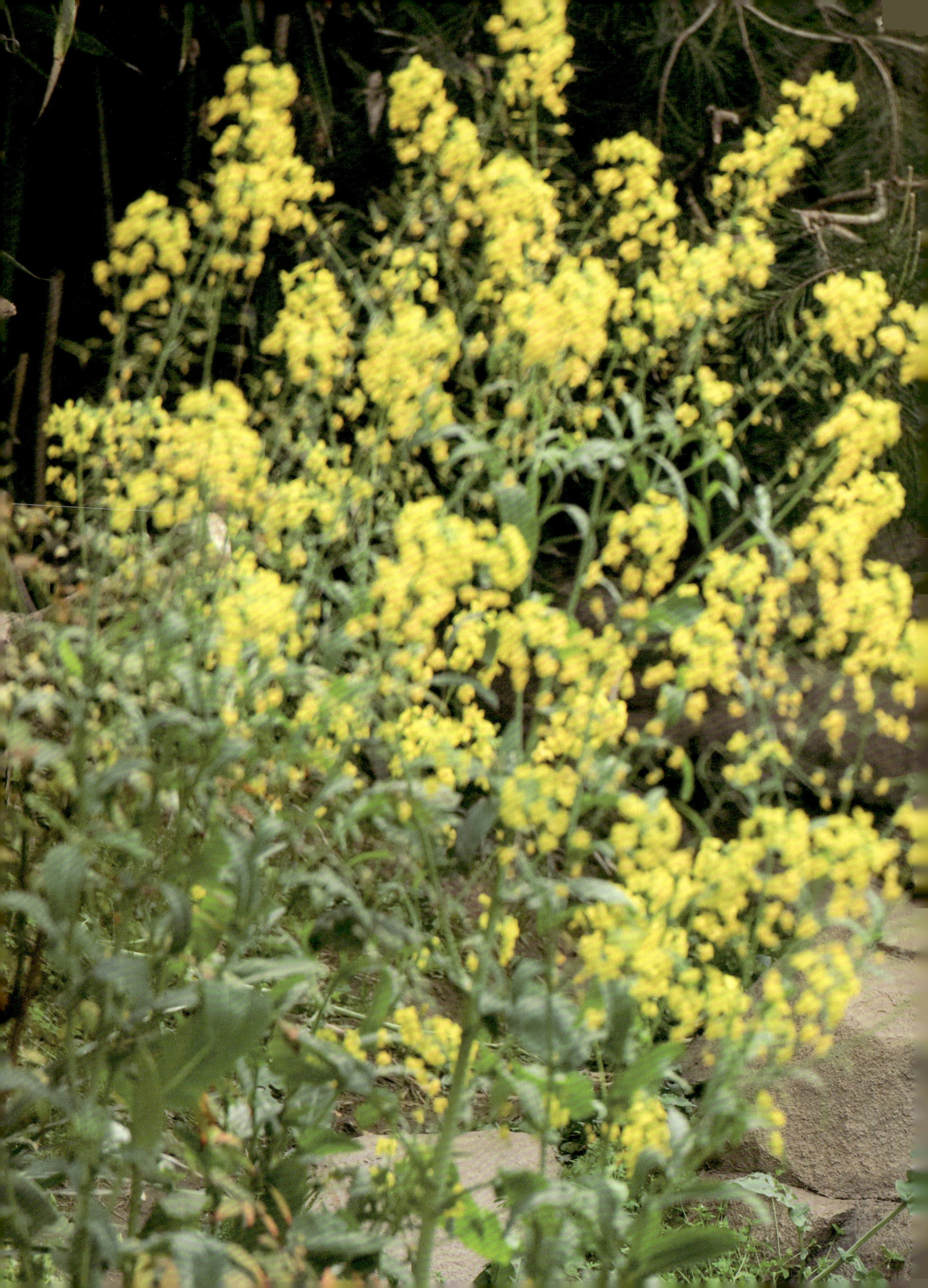

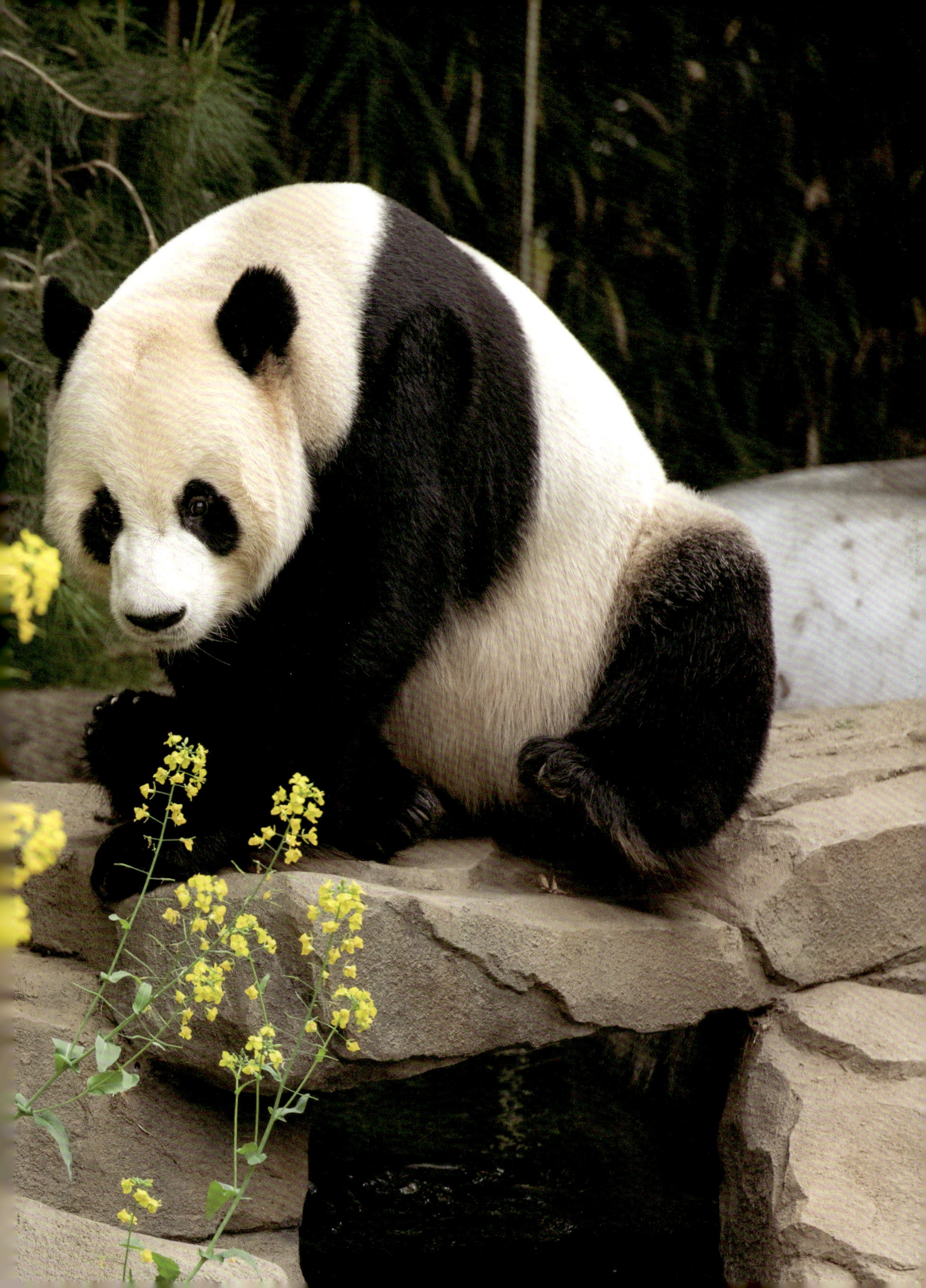

☆——福宝，永远爱你

第二章 乐宝，成为绅士的少年

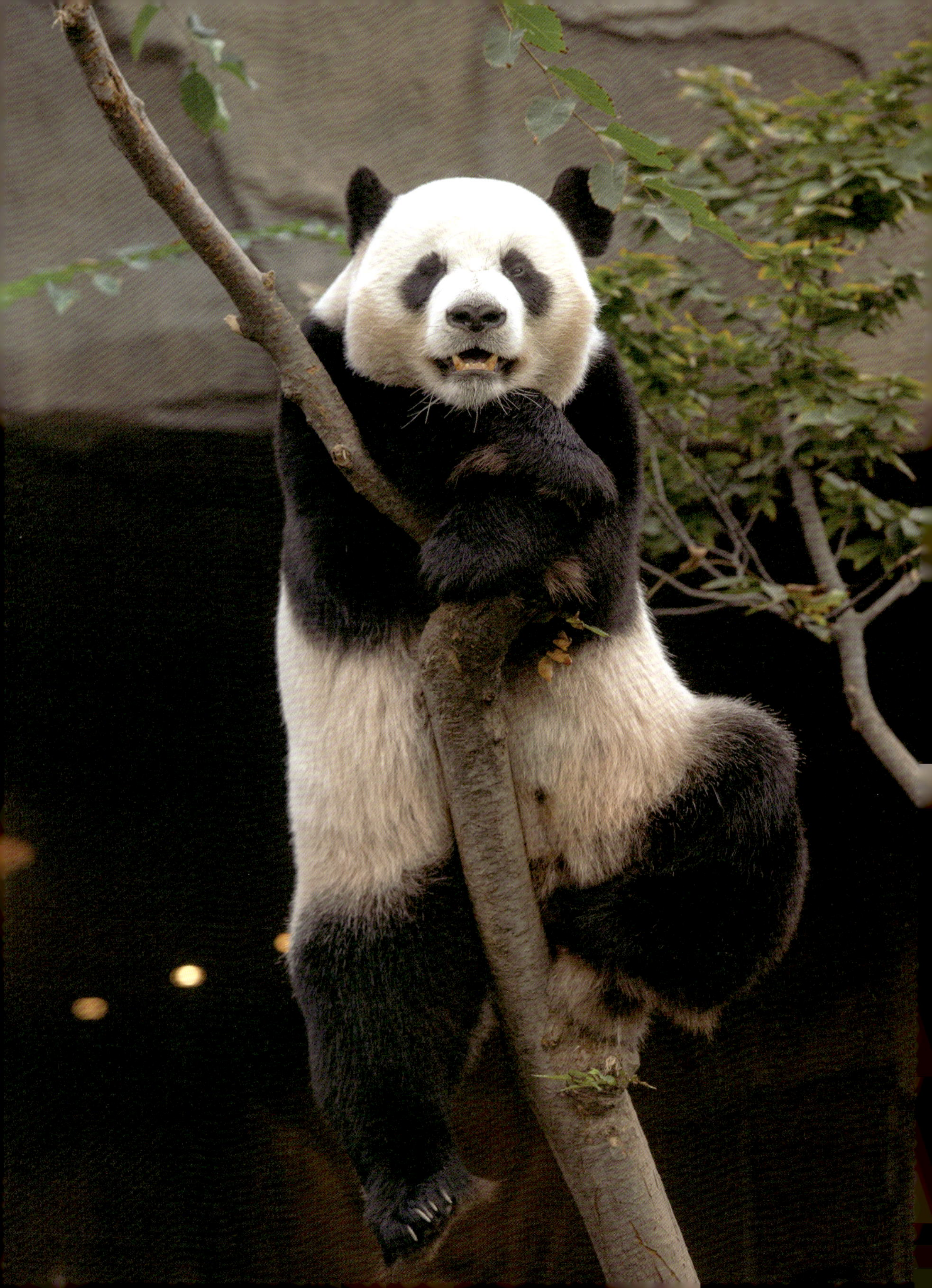

第二章 乐宝，成为绅士的少年

◇— 福宝，永远爱你

第二章 乐宝，成为绅士的少年

少年时期的乐宝好奇心很强，经常把眼前的一切当作玩具。

←— 福宝，永远爱你

第二章 乐宝，成为绅士的少年

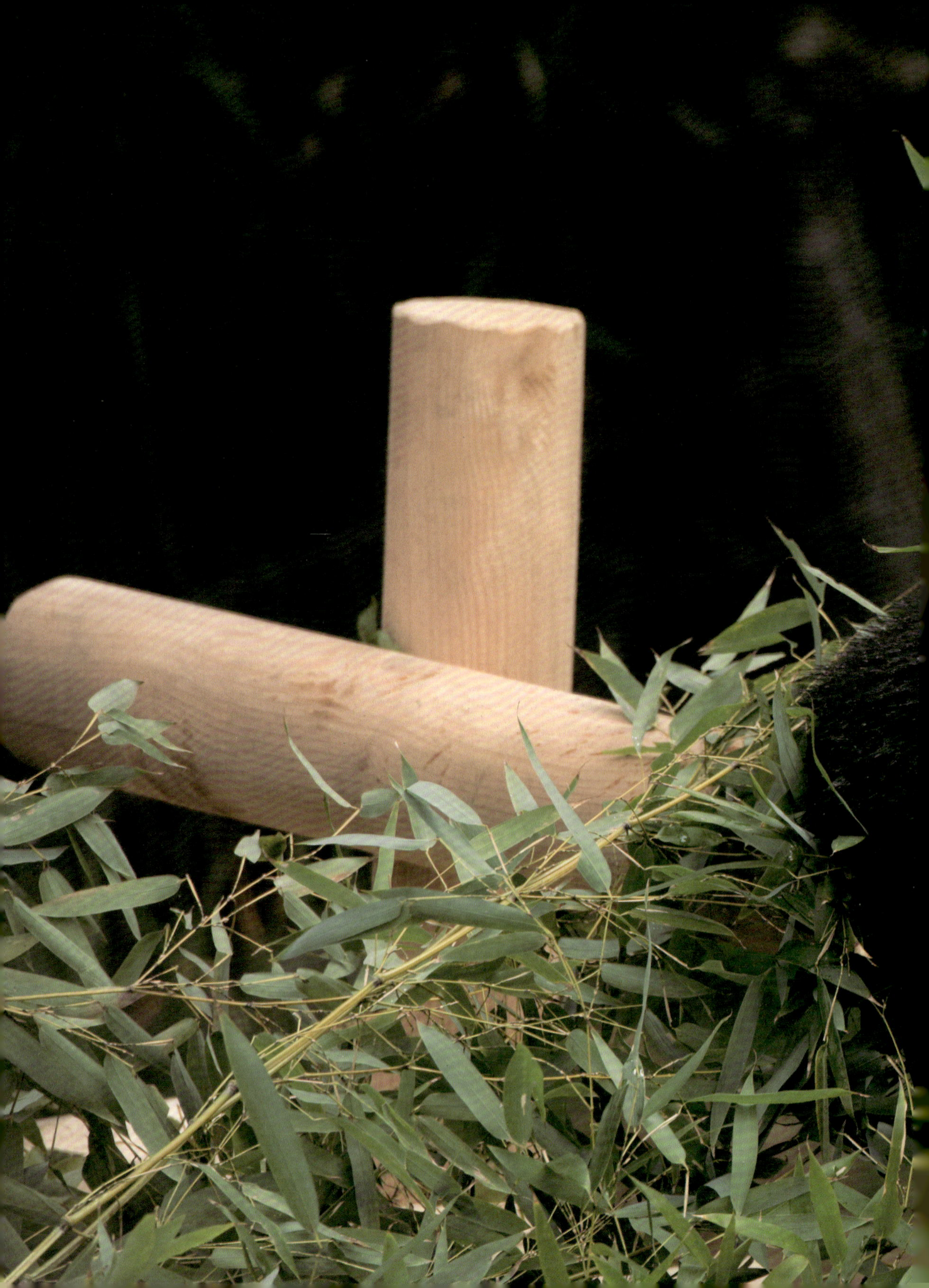

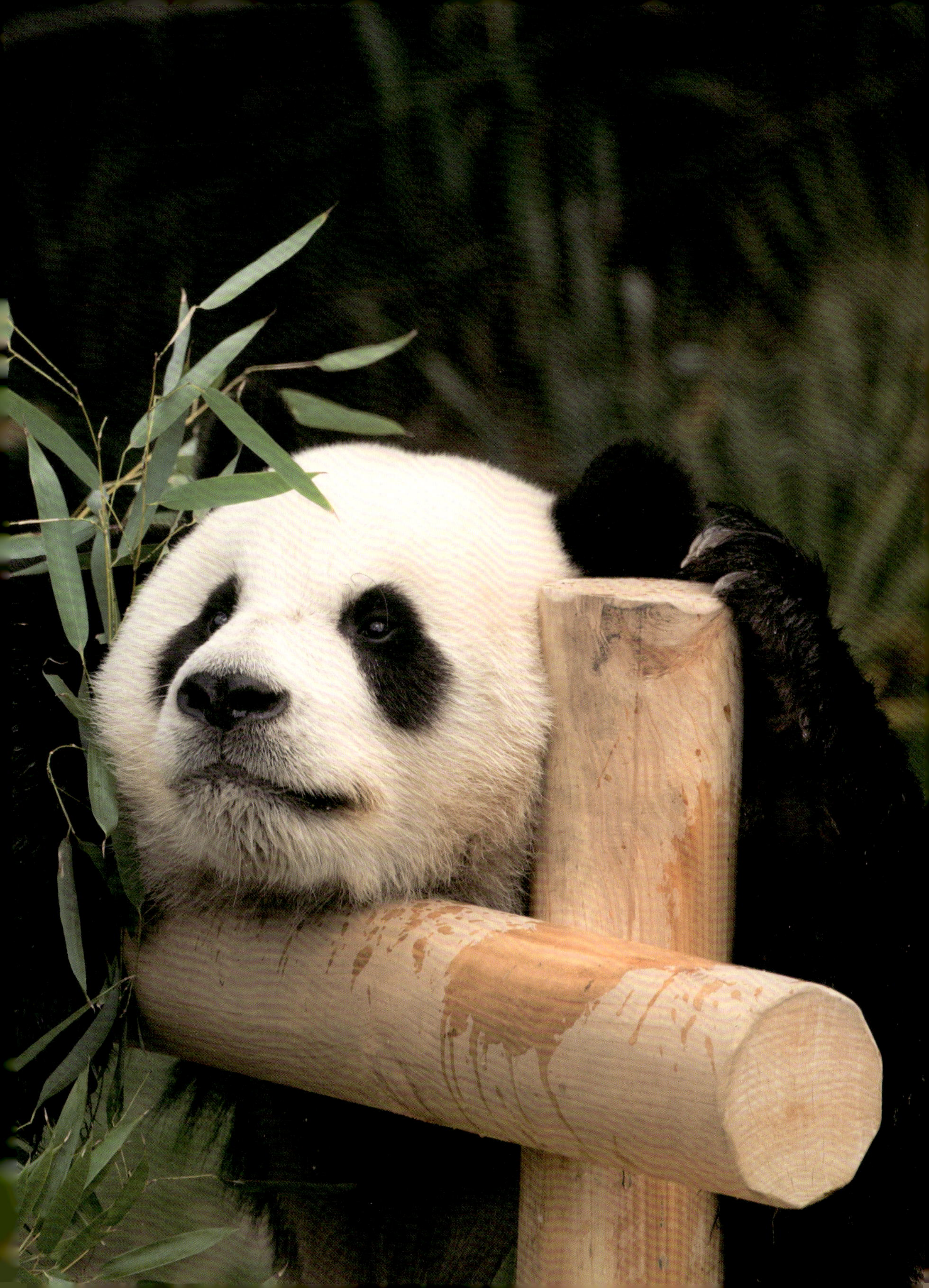

☆—福宝，永远爱你

第二章 乐宝，成为绅士的少年

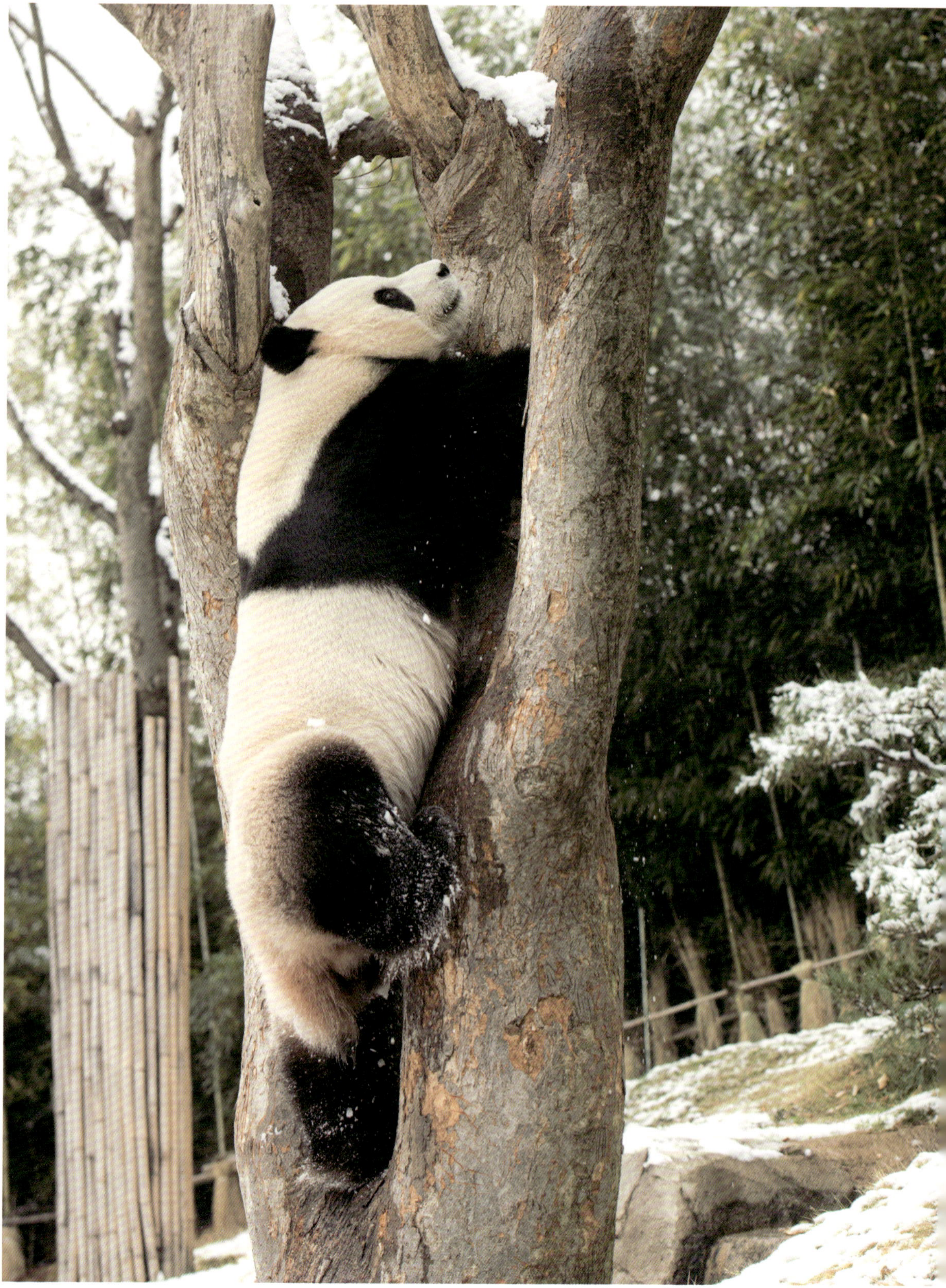

第二章 乐宝，成为绅士的少年

和爱宝交换外场以后，
乐宝在新的游乐场尽情享受冬天。

☆—福宝，永远爱你

第二章 乐宝，成为绅士的少年

福宝，永远爱你

第二章 乐宝，成为绅士的少年

←─福宝，永远爱你

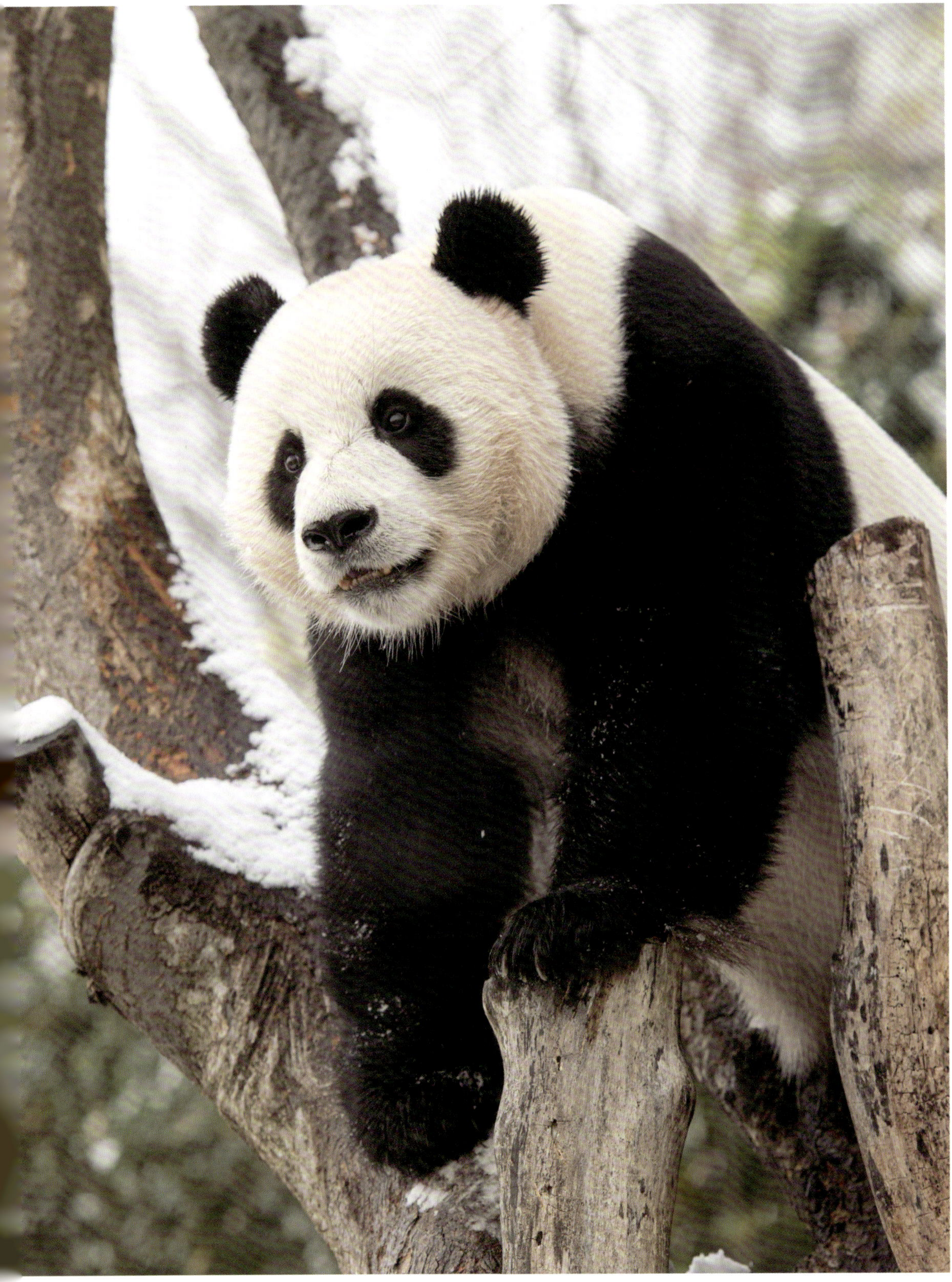

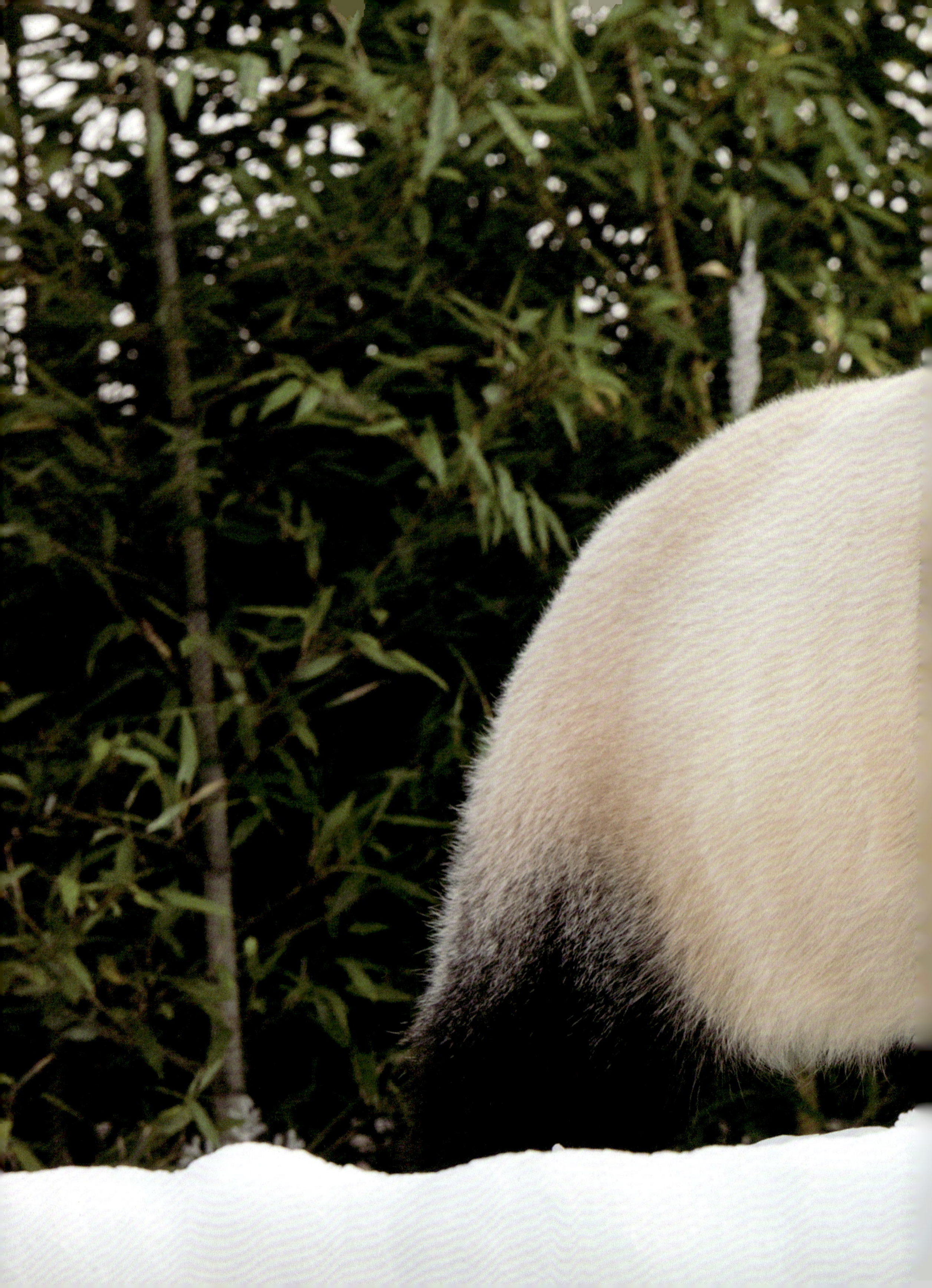

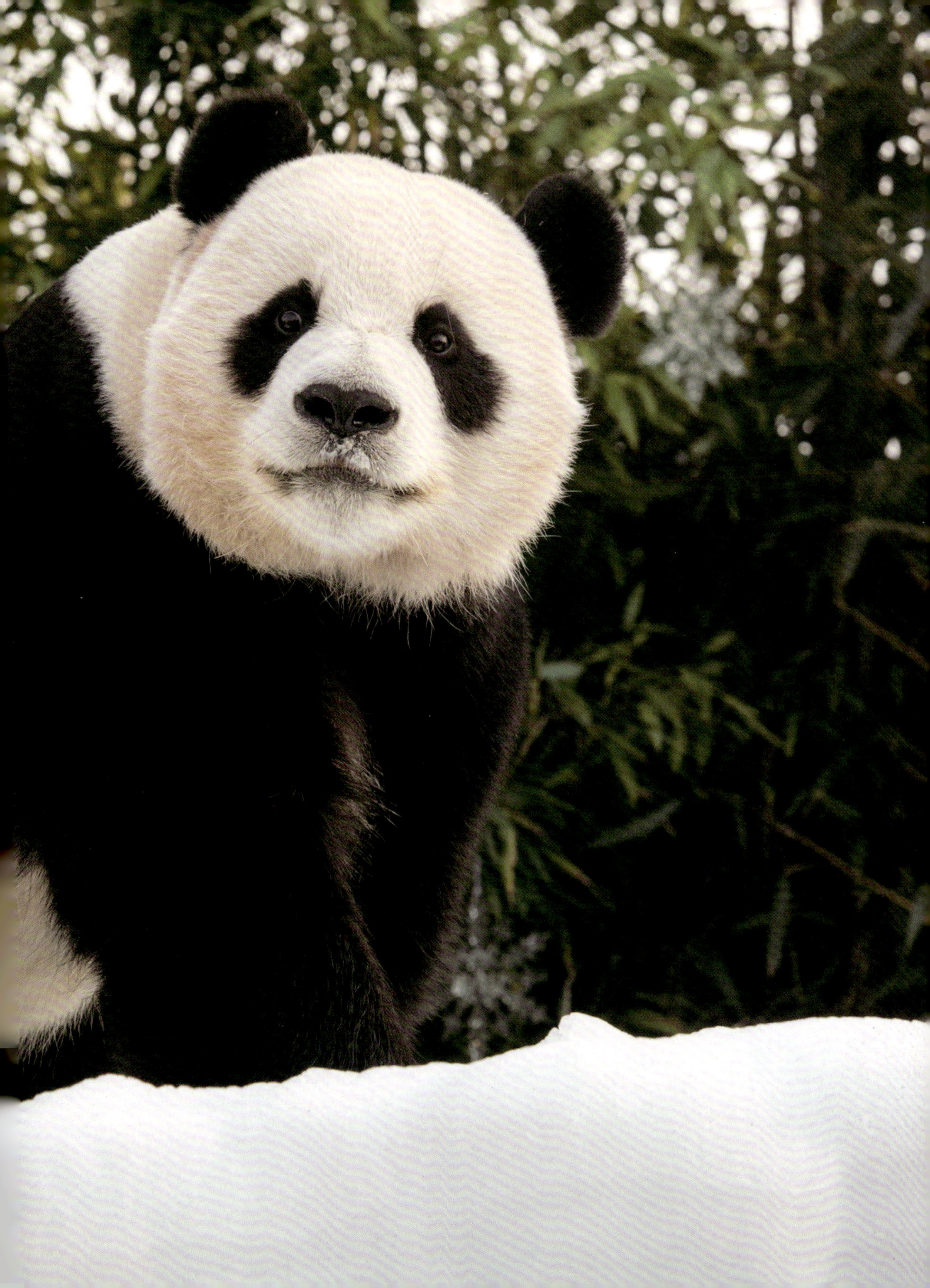

第三章

爱宝，我永远的爱

爸爸写给爱宝的一封信

爱宝：

　　还记得我们第一次见面的时候吗？

　　刚满三岁的你还很柔弱，稚气未脱。那时候，我并不知道你如此内向高冷。初见时，你对我感到很陌生，但还是逐渐向我敞开了心扉，我们开始互相信任。

　　每次察觉到我的动静时，爱宝你总是先和我目光示意。对我来说，你永远那么独特，我一直对你深信不疑。

　　看着你结识乐宝，孕育福宝，辛苦育女的样子，我真的很感动。尤其是你连续几天一动不动地照顾福宝，后背生出了一个很大的伤口。看着默默以母爱战胜痛苦的你，我的心更痛了。所以，我下定决心以后要更好地照顾你。

　　爱宝，最近养育睿宝和辉宝很辛苦吧？尽管这是自然法则，但我有时也会埋怨乐宝怎能对因为育女而疲惫不堪的你视而不见。后来看到你对孩子们永远全心全意的样子，我的心才平静下来。我明白了，尽自己最大的努力面对生活也是一种自然法则。尽管身体稍微累一点，但内心享受不就是幸福吗？

爱宝，得益于你的绝佳养育，福宝长成了一只非常优秀的大熊猫。某天电闪雷鸣，还下起冰雹，福宝受惊躲进了外场的角落——正是你刚来这里时躲藏的那个地方。福宝向你学习，和你行动如一，我对此感到骄傲，也明白了你在这段时间里教会了福宝很多本领。那天的经历让我相信，福宝作为爱宝的女儿，未来会过好自己的生活。

福宝会像你一样，成长为漂亮、温柔、有爱心的熊猫。睿宝和辉宝也会如此吧。

爱宝，我们一起为孩子们的未来加油吧！

2016年3月,爱宝首次出外场时,
小心迈向新空间的第一步。

—福宝,永远爱你

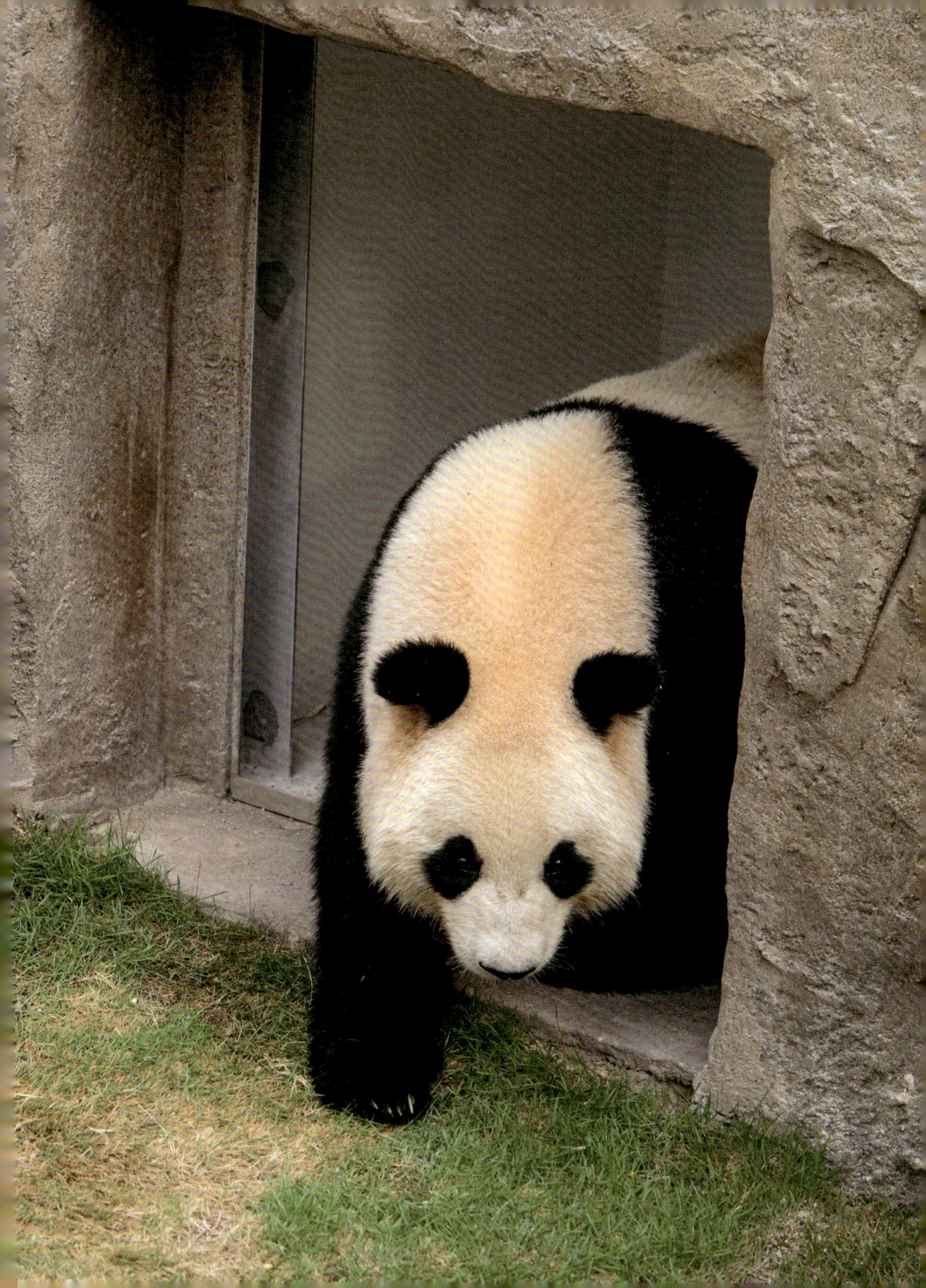

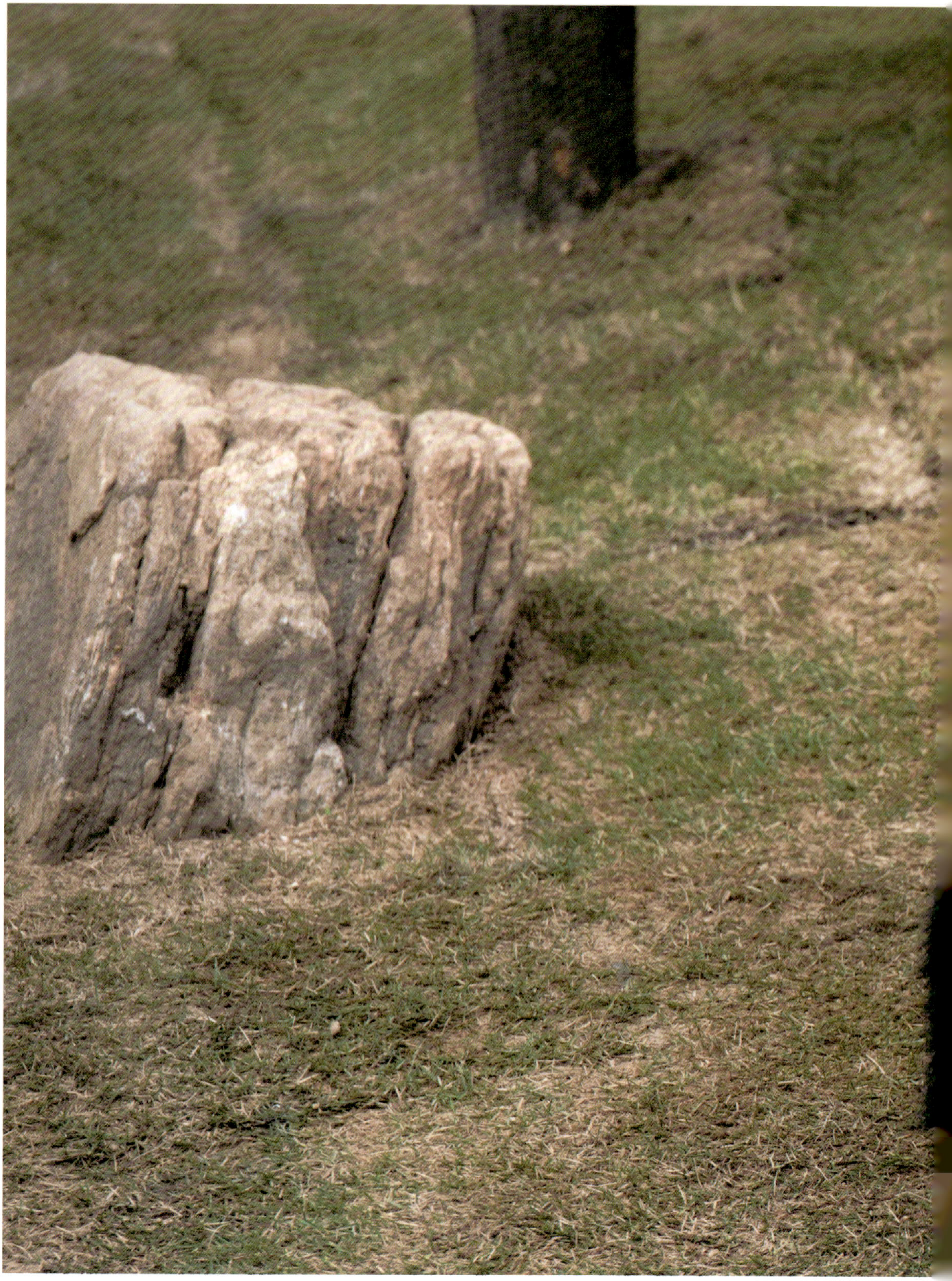

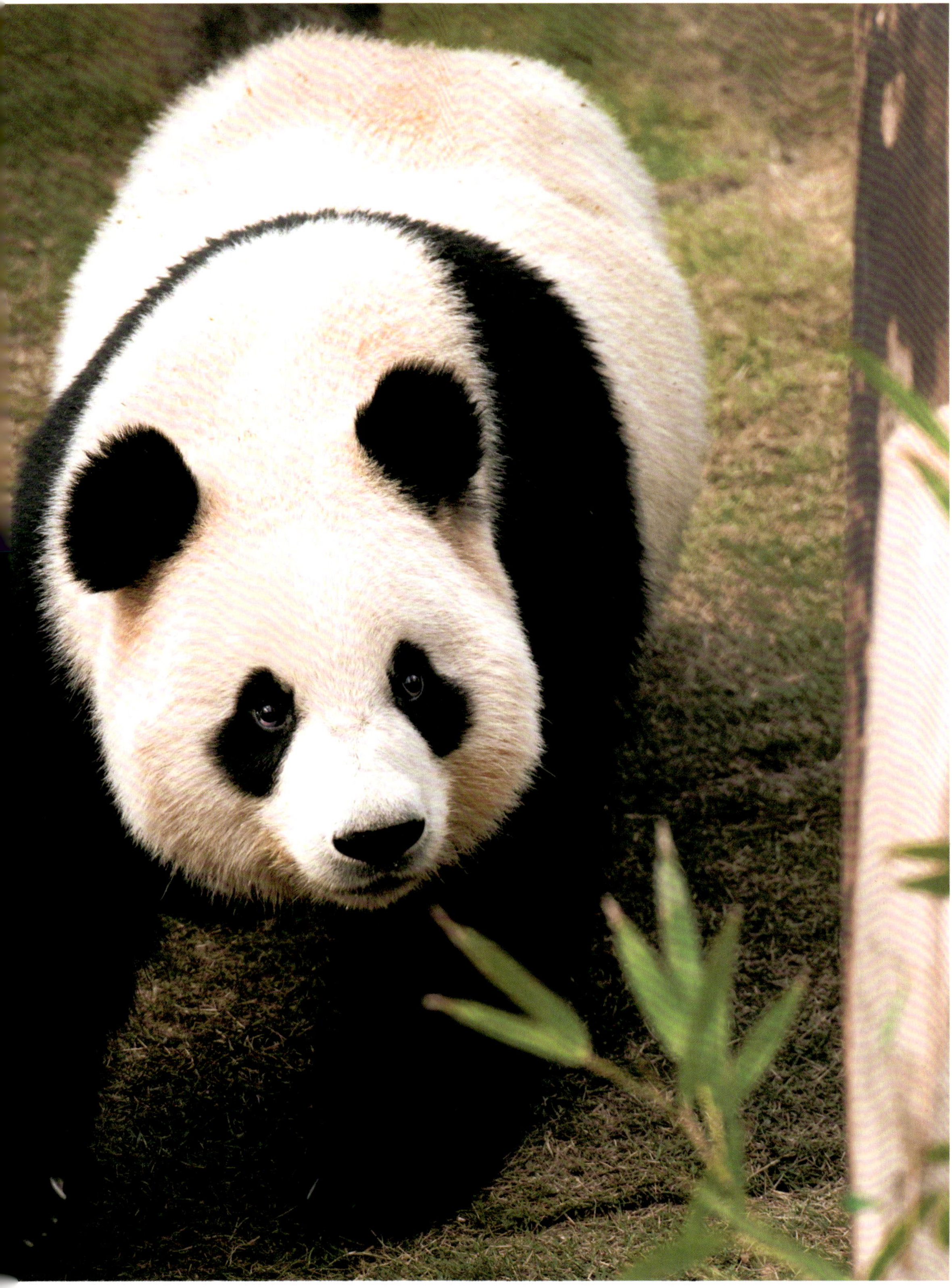

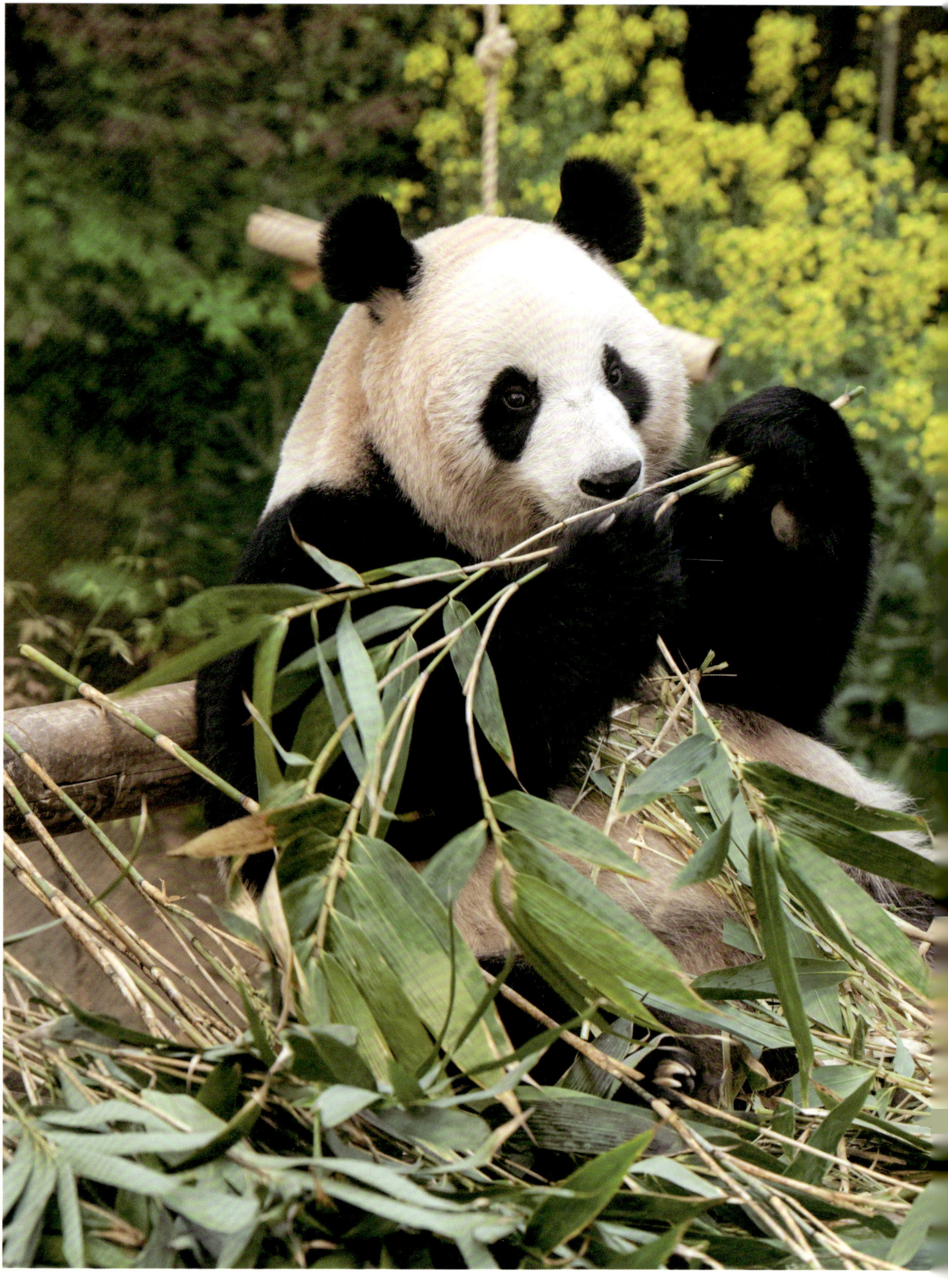

第三章 爱宝，我永远的爱

爱宝坐在爸爸亲自种下的
油菜花前。
希望她会记住这里。

← 福宝，永远爱你

爱宝好奇地望着眼前飞舞的蝴蝶。
担心蝴蝶飞走，她小心地挥动胳膊。

与淘气的福宝不同,

幼年期的爱宝对一切事物都谨慎而小心。

✧
— 福宝,永远爱你

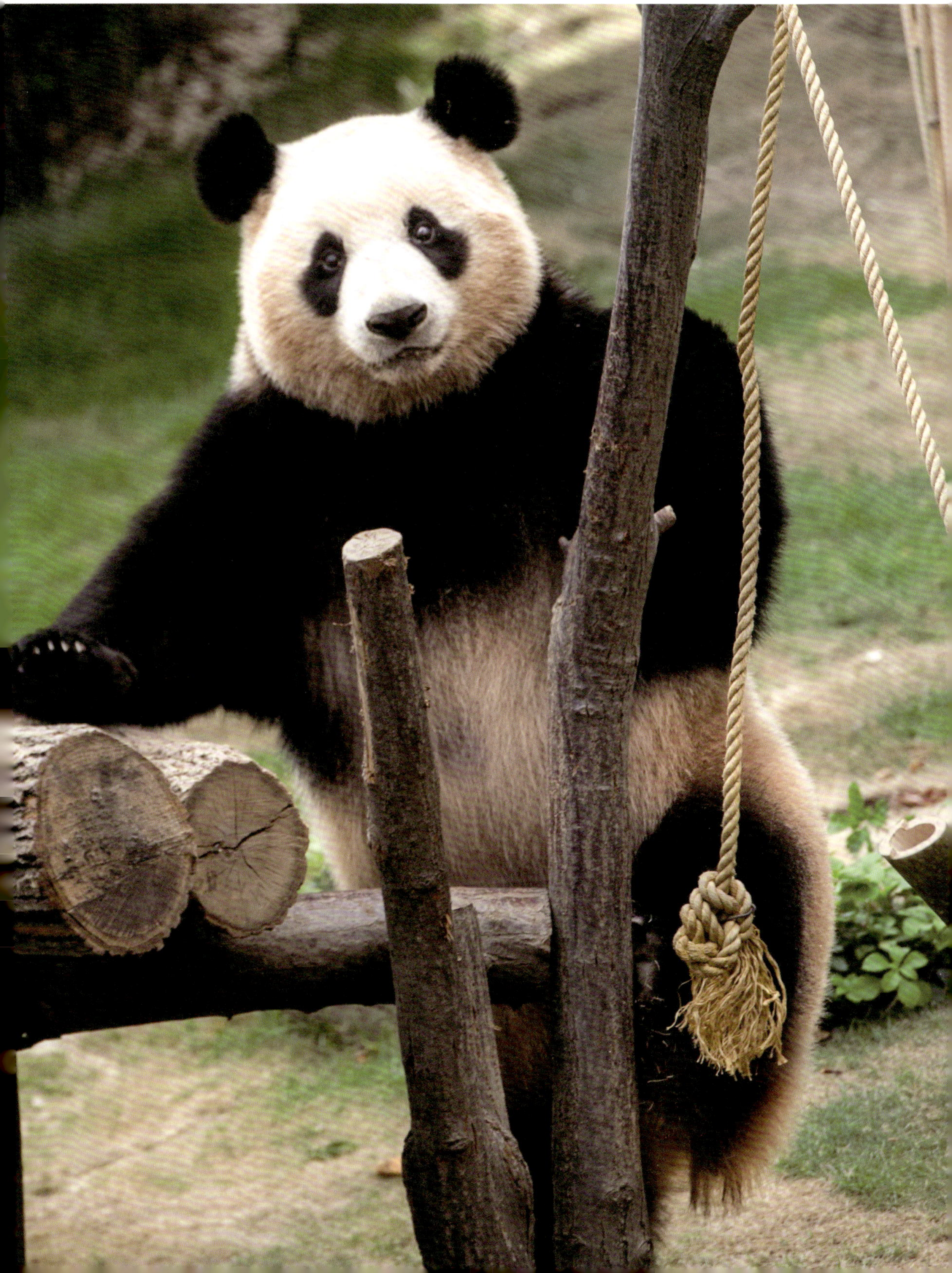

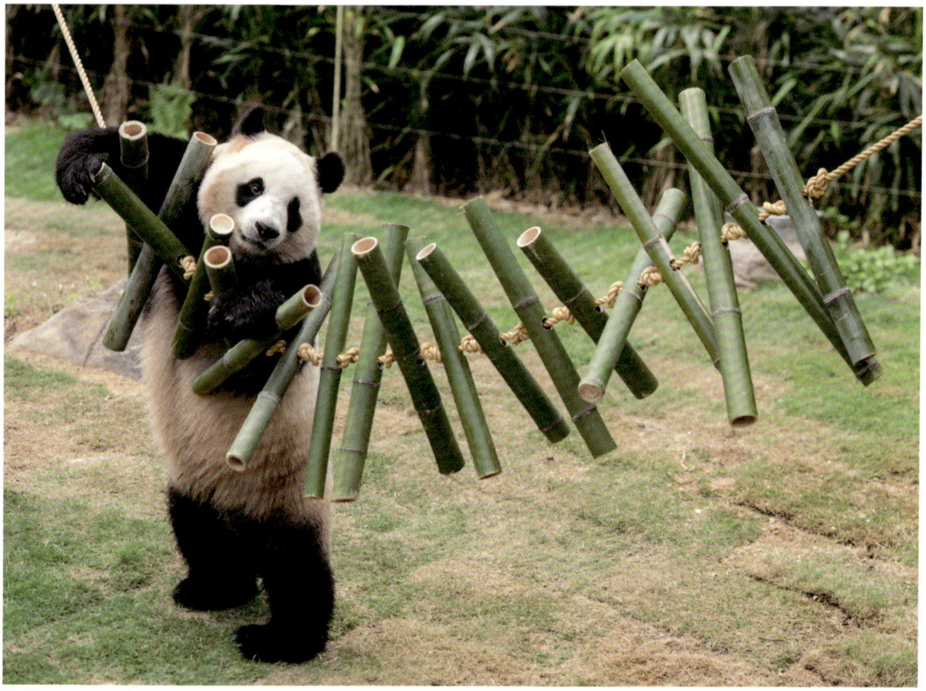

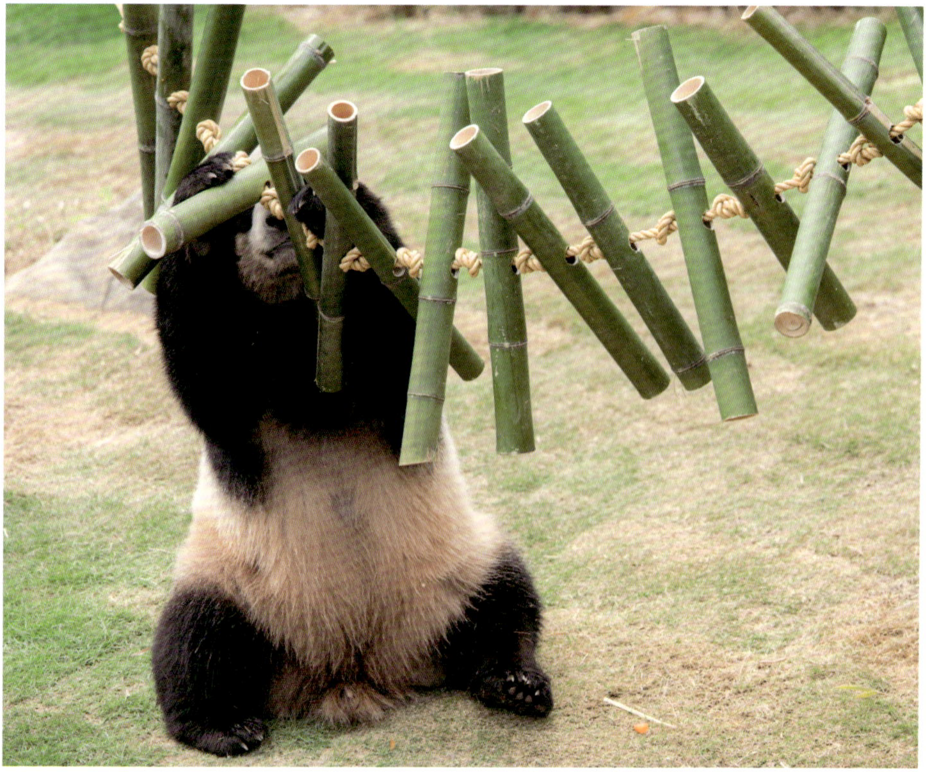

第三章 爱宝，我永远的爱

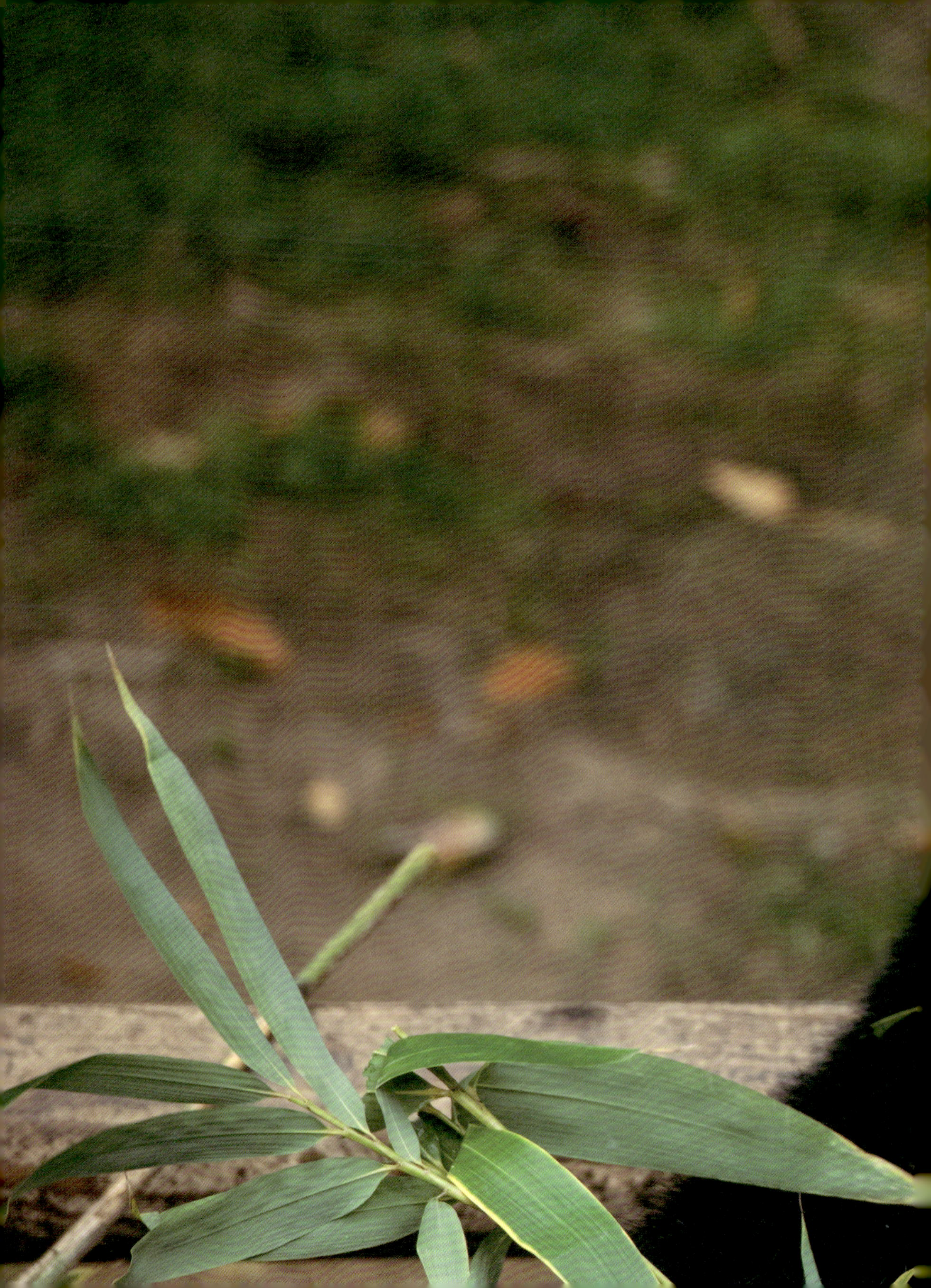

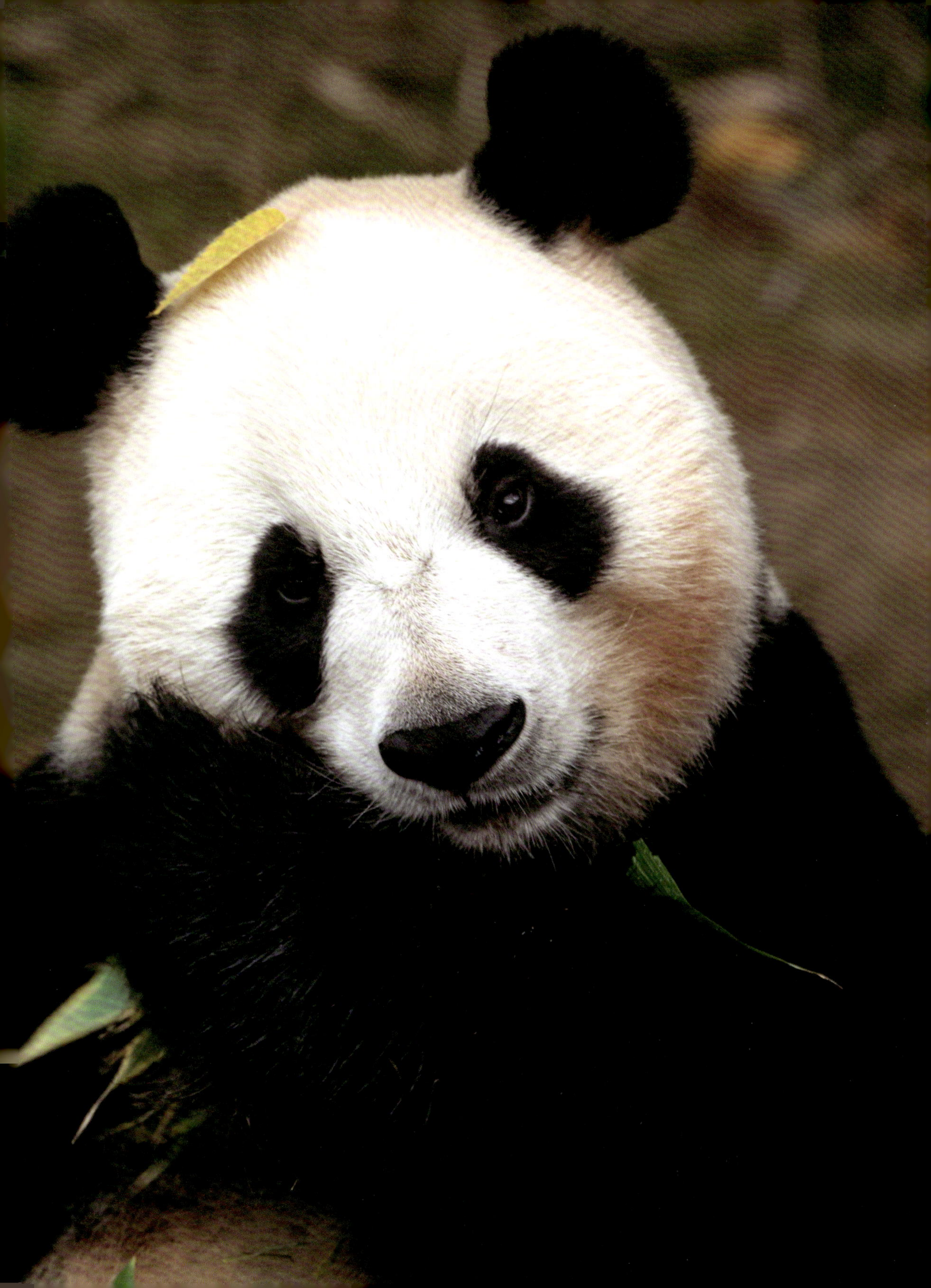

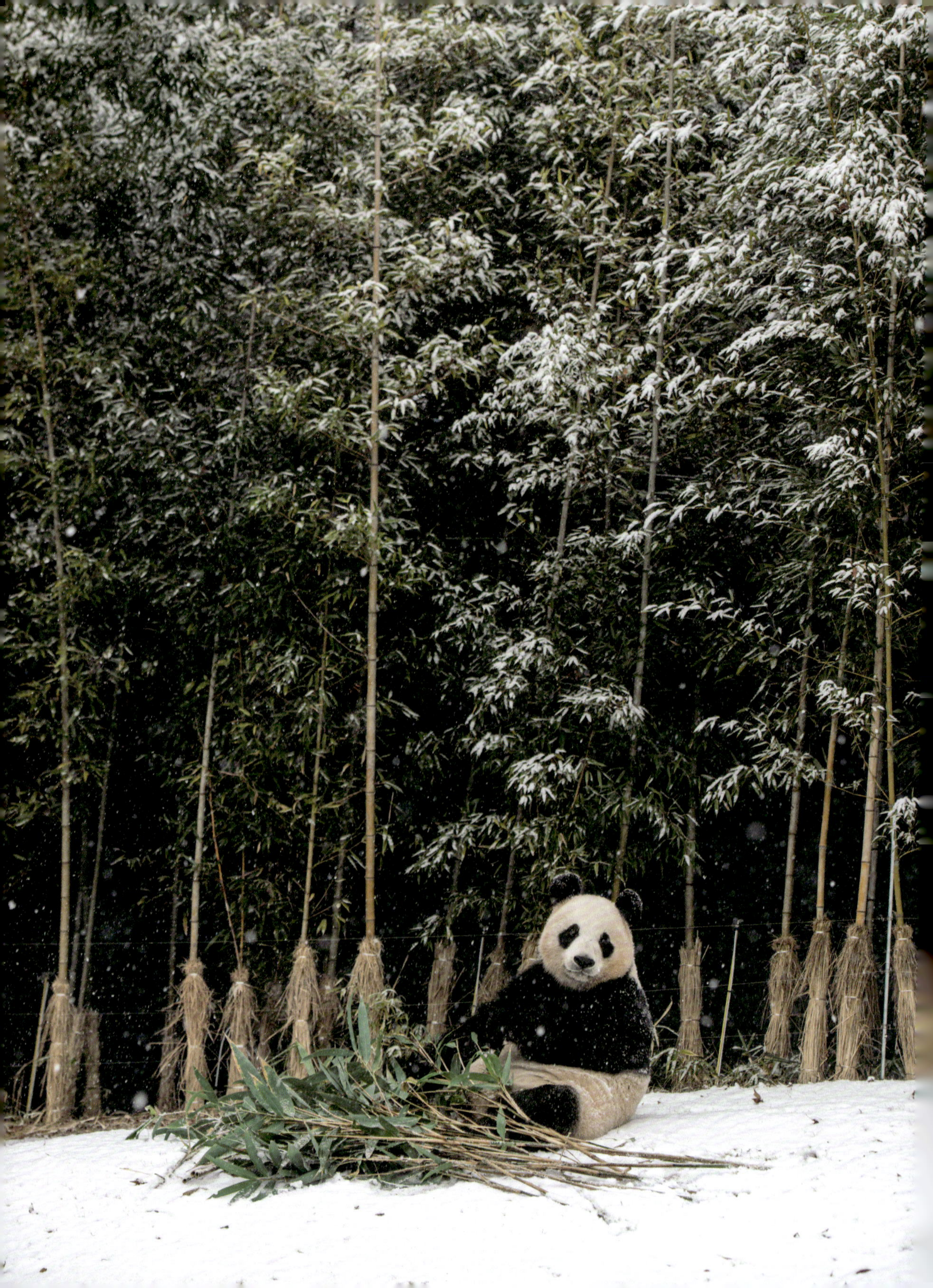

第三章 爱宝，我永远的爱

✧―福宝，永远爱你

第三章 爱宝，我永远的爱

调皮可爱的爱宝奋力挖雪，
像在和雪人打架。

☆—福宝，永远爱你

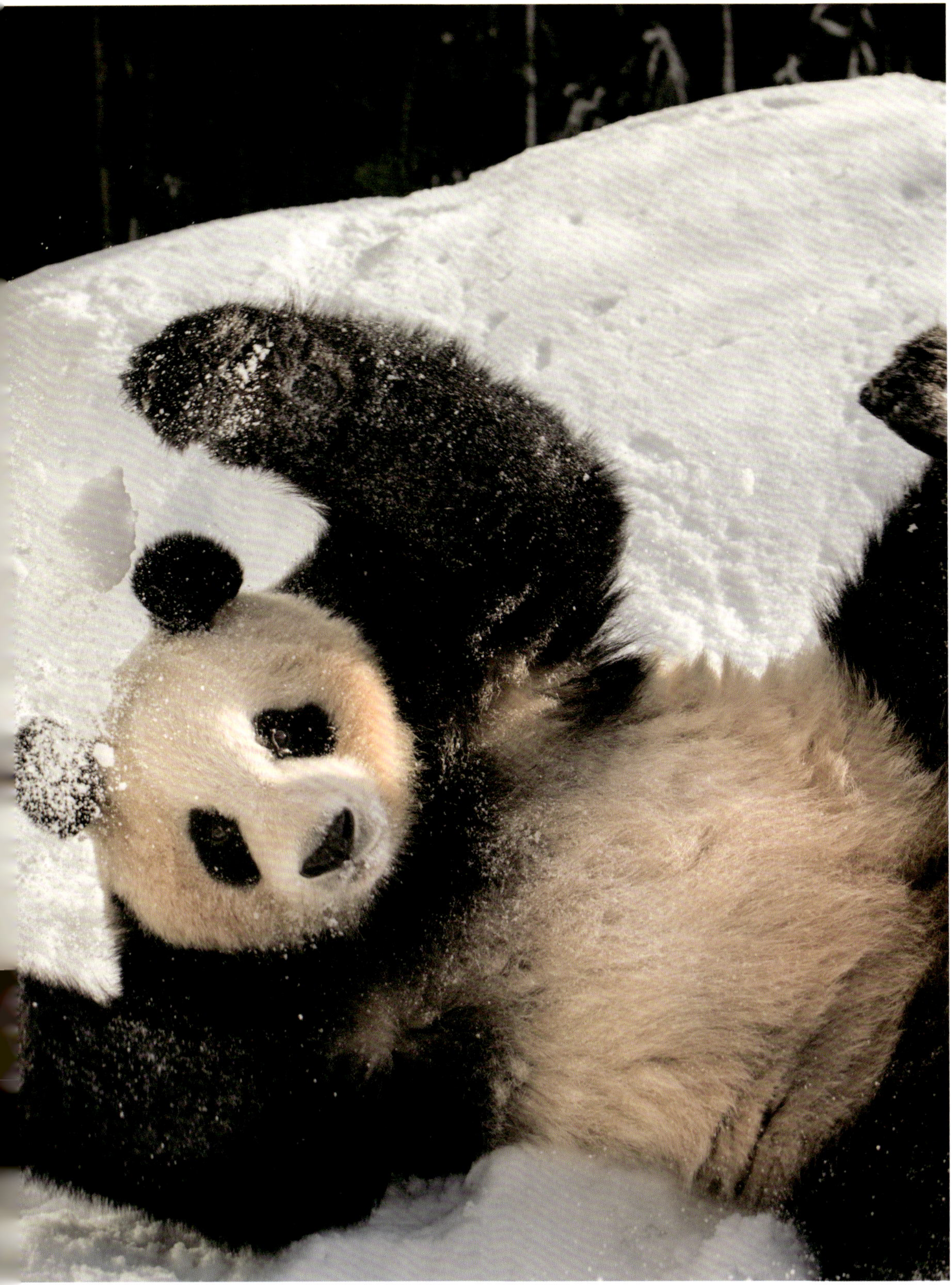

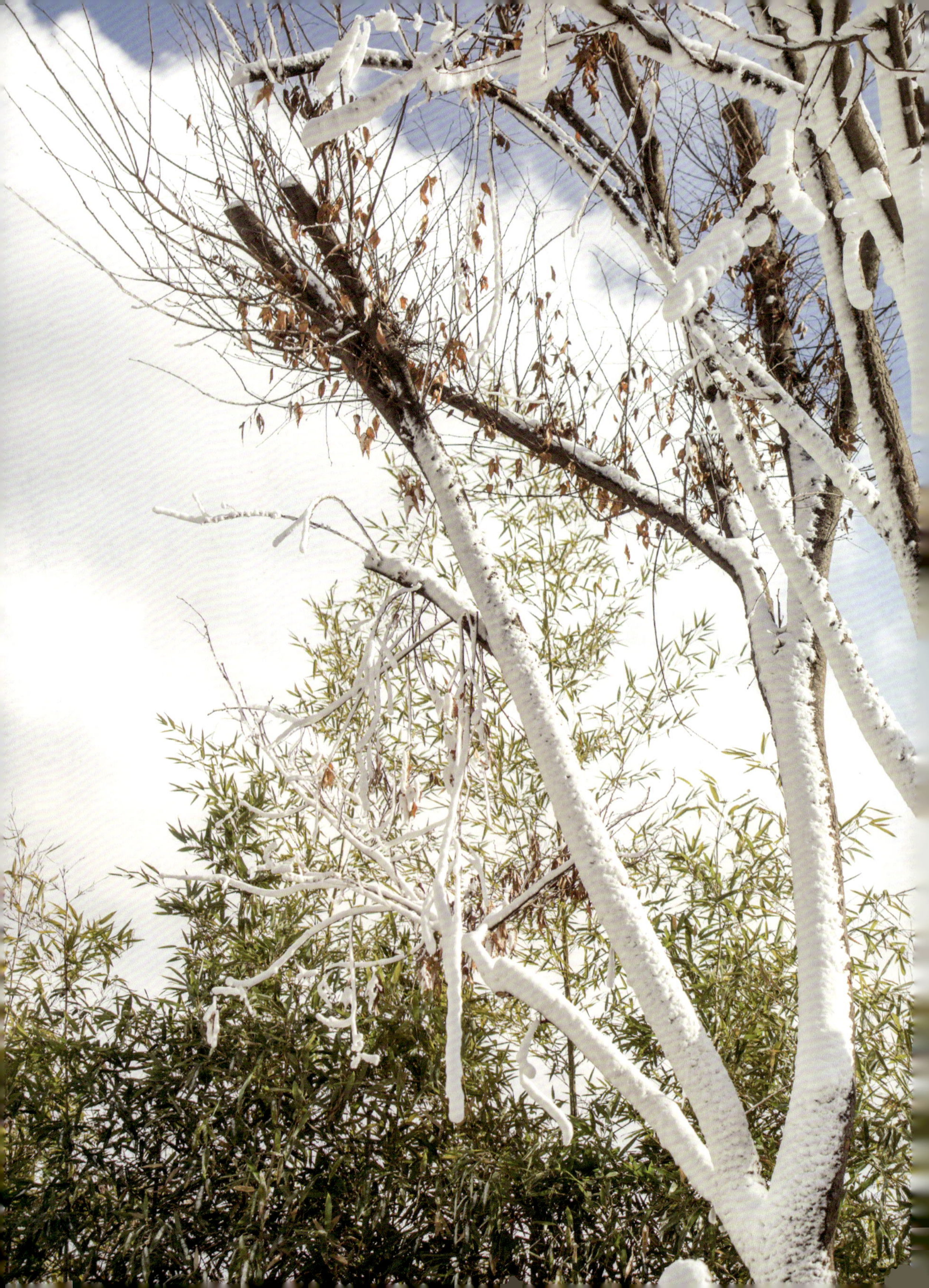

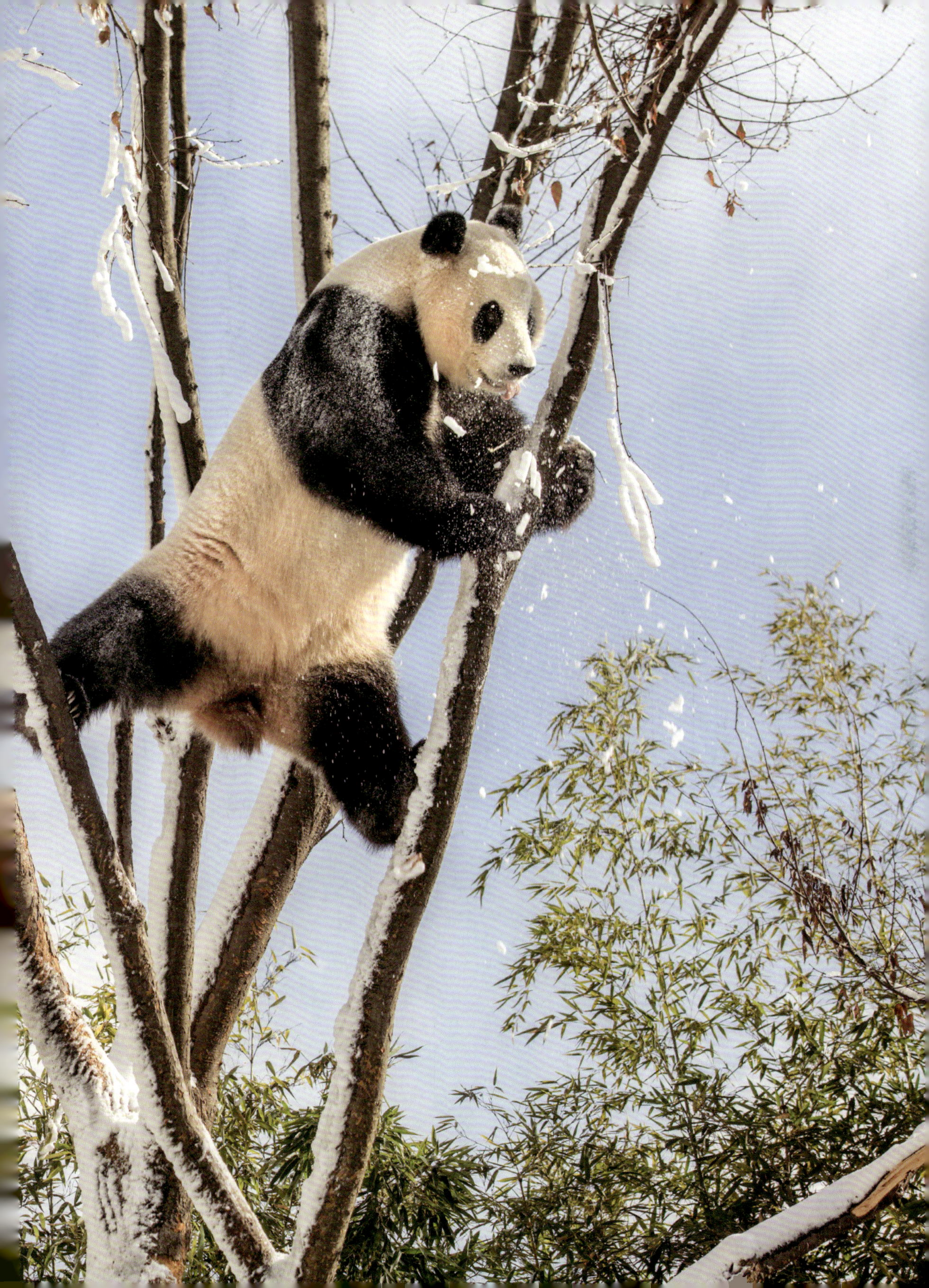

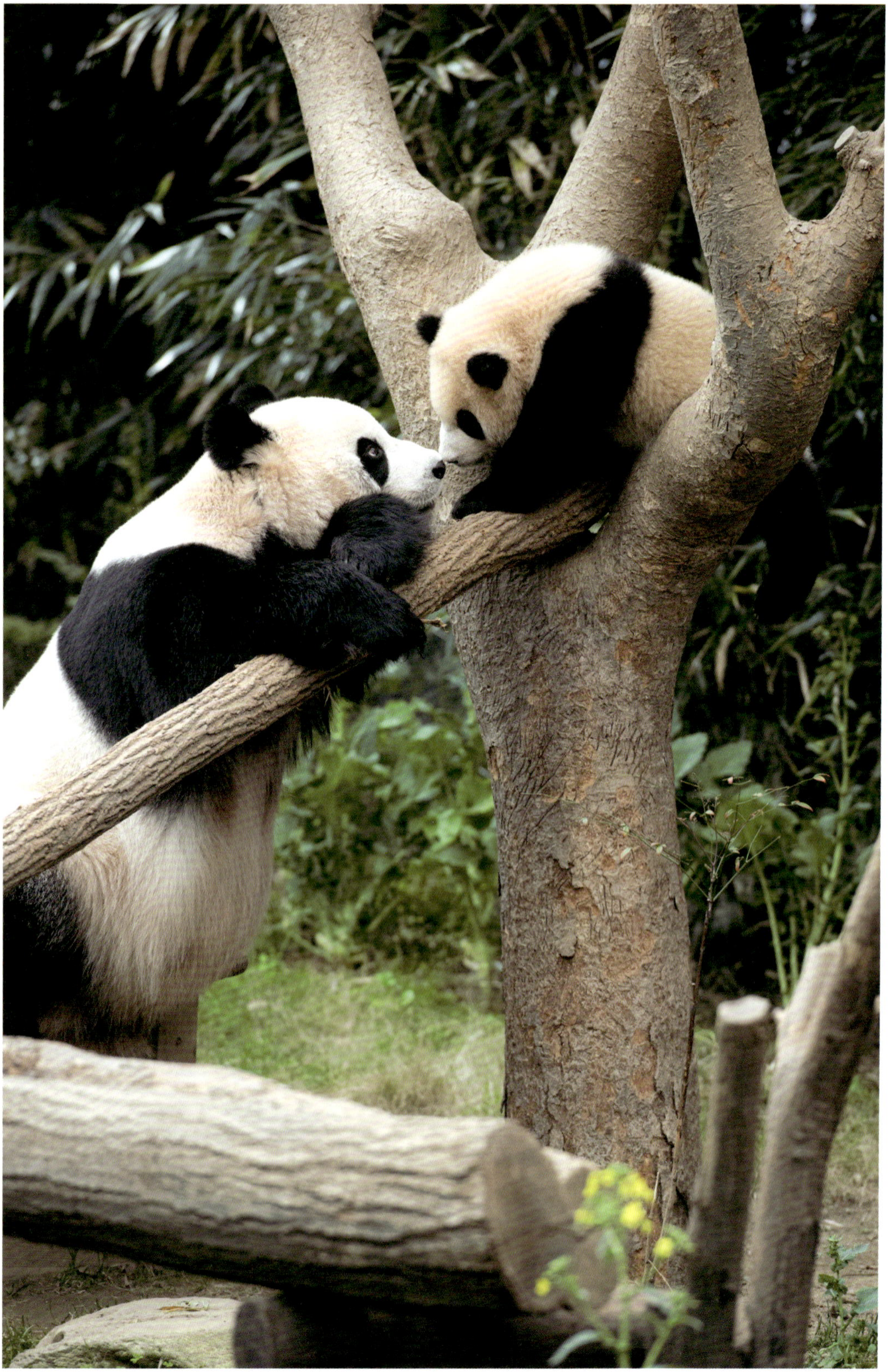

第三章 爱宝，我永远的爱

爱宝手把手教福宝爬树，以及各种必备的生存技能。

✧―福宝，永远爱你

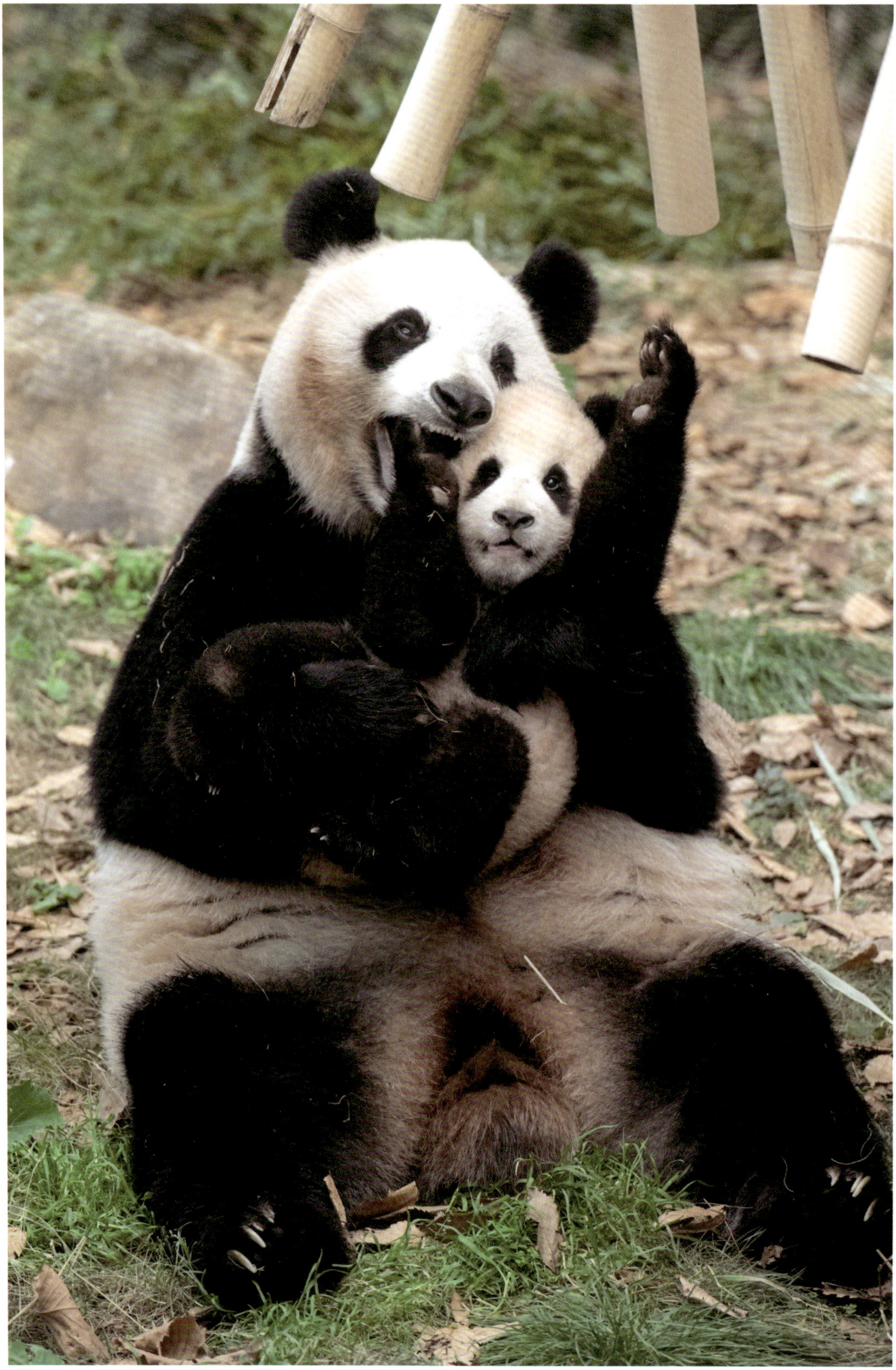

飞快长大的福宝,依然像孩子一样和妈妈玩闹。

爱宝总是温柔地包容这样的福宝。

福宝,永远爱你

第三章 爱宝，我永远的爱

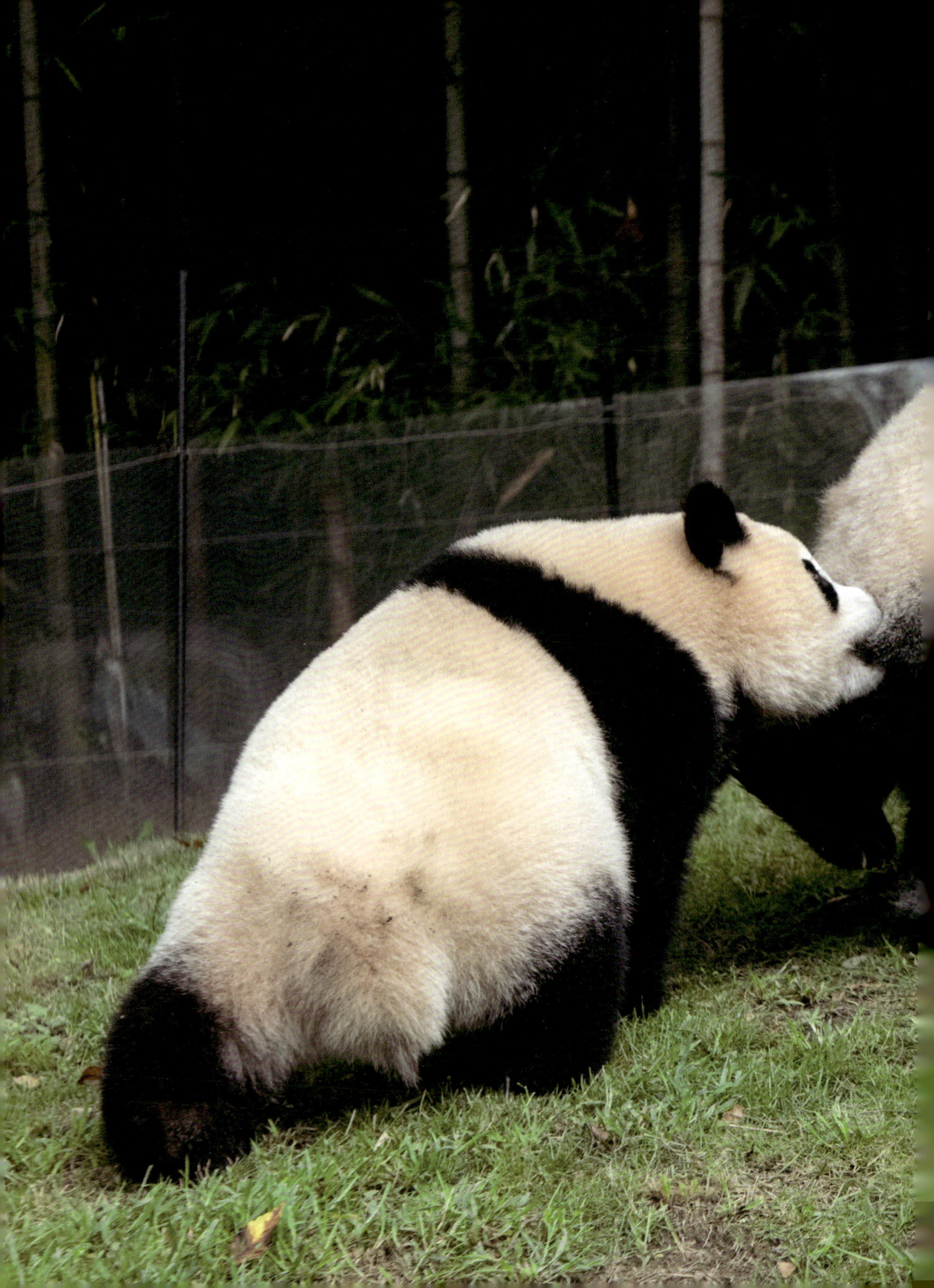

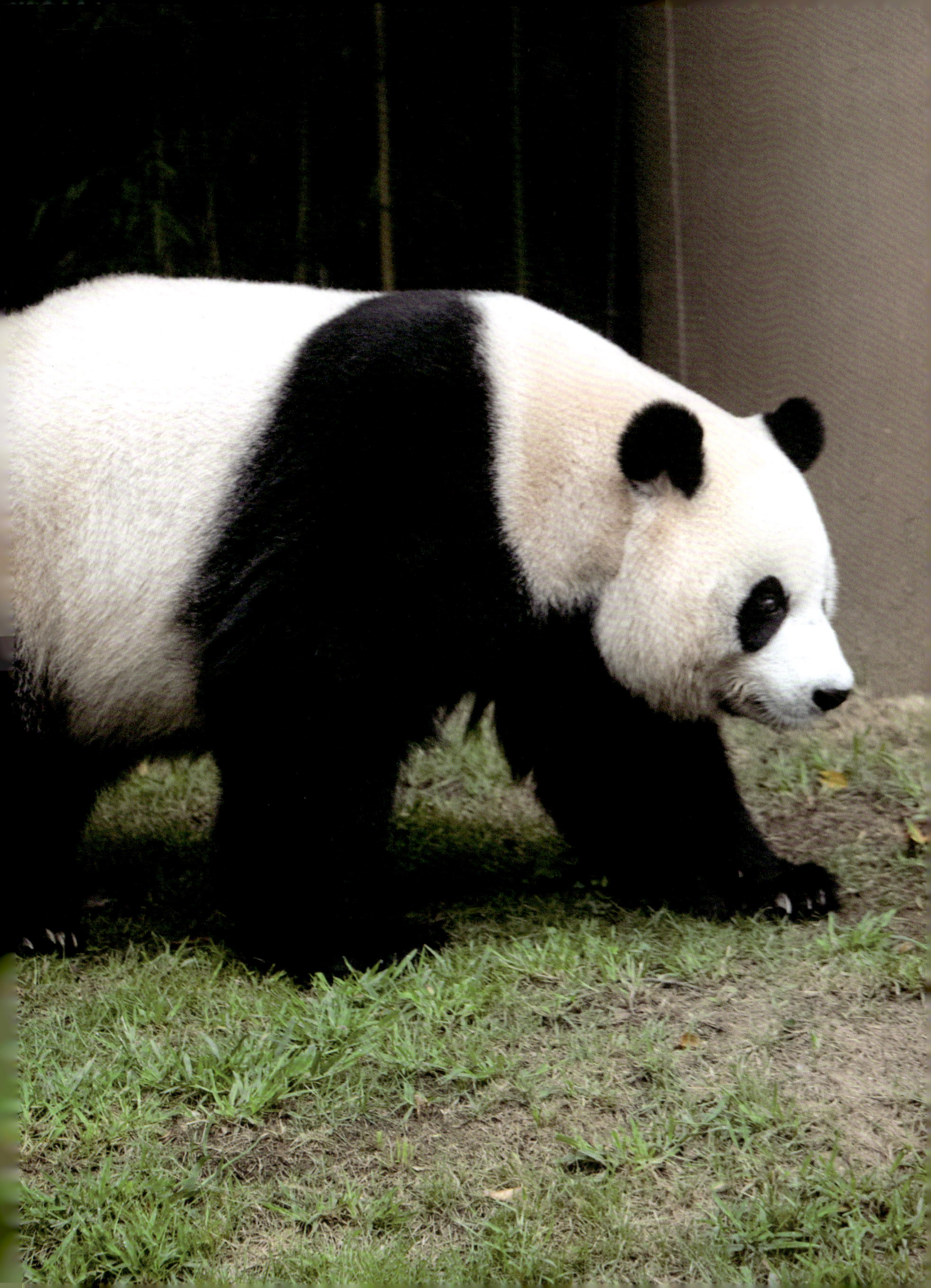

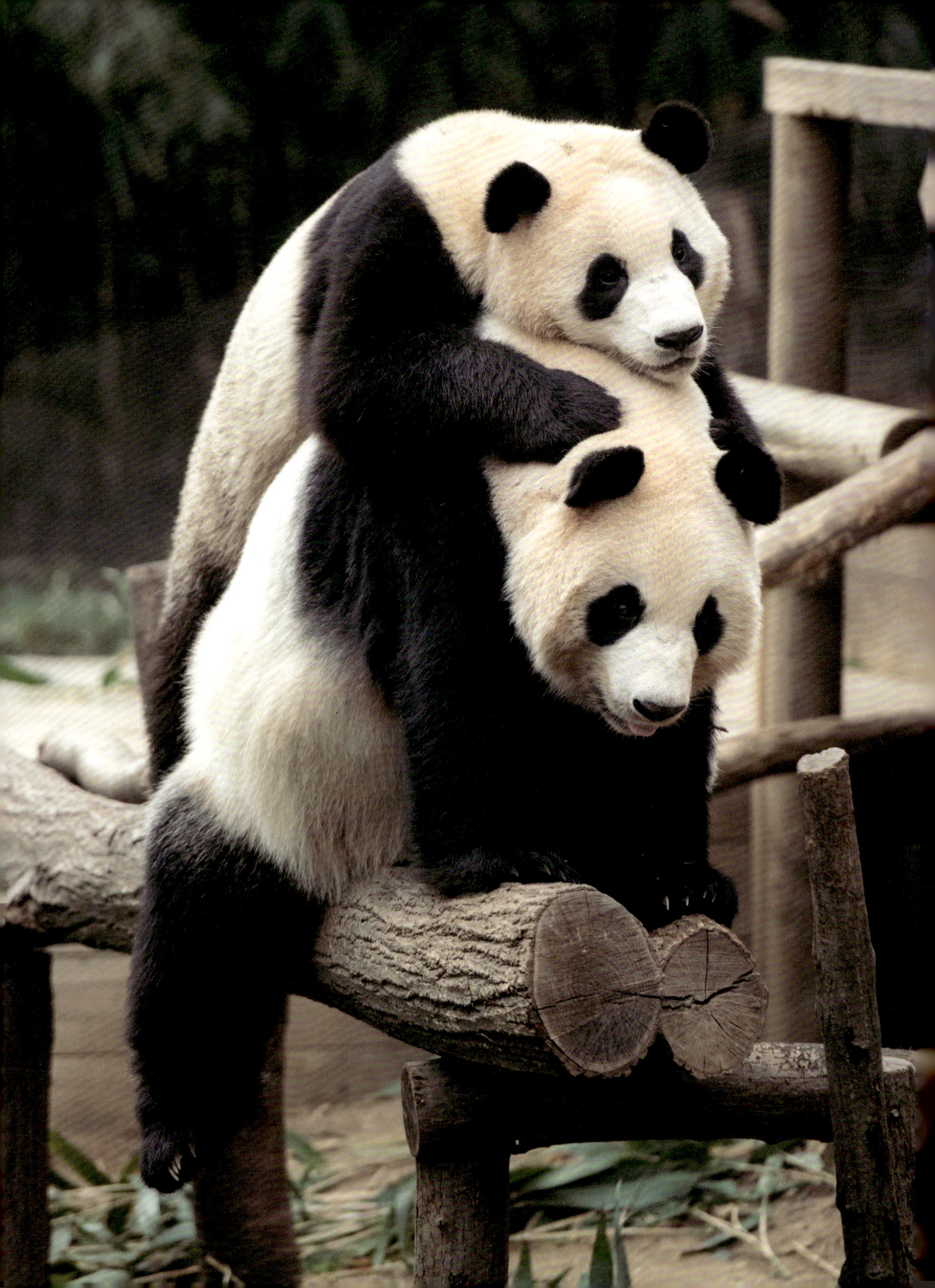

第三章 爱宝，我永远的爱

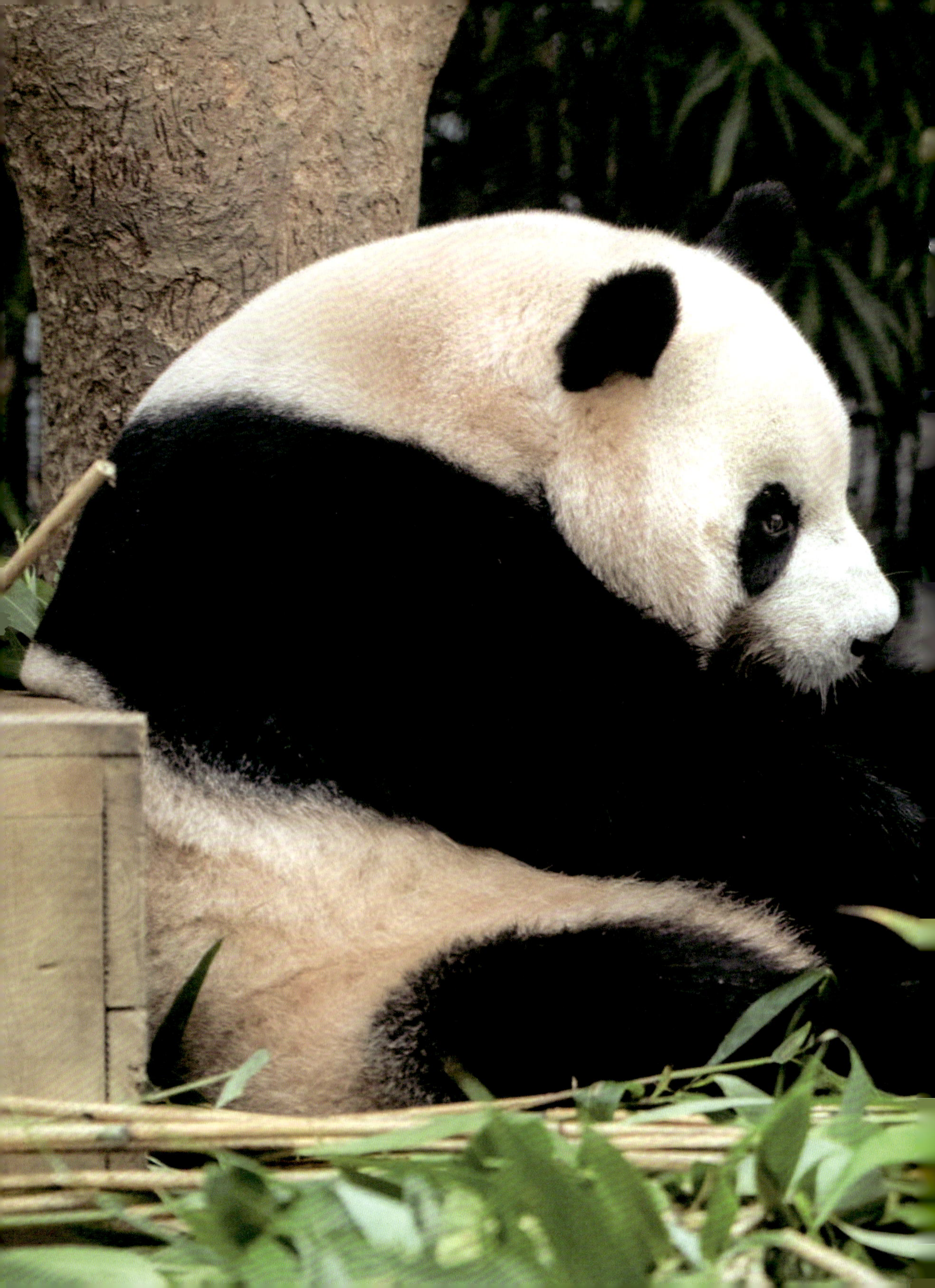

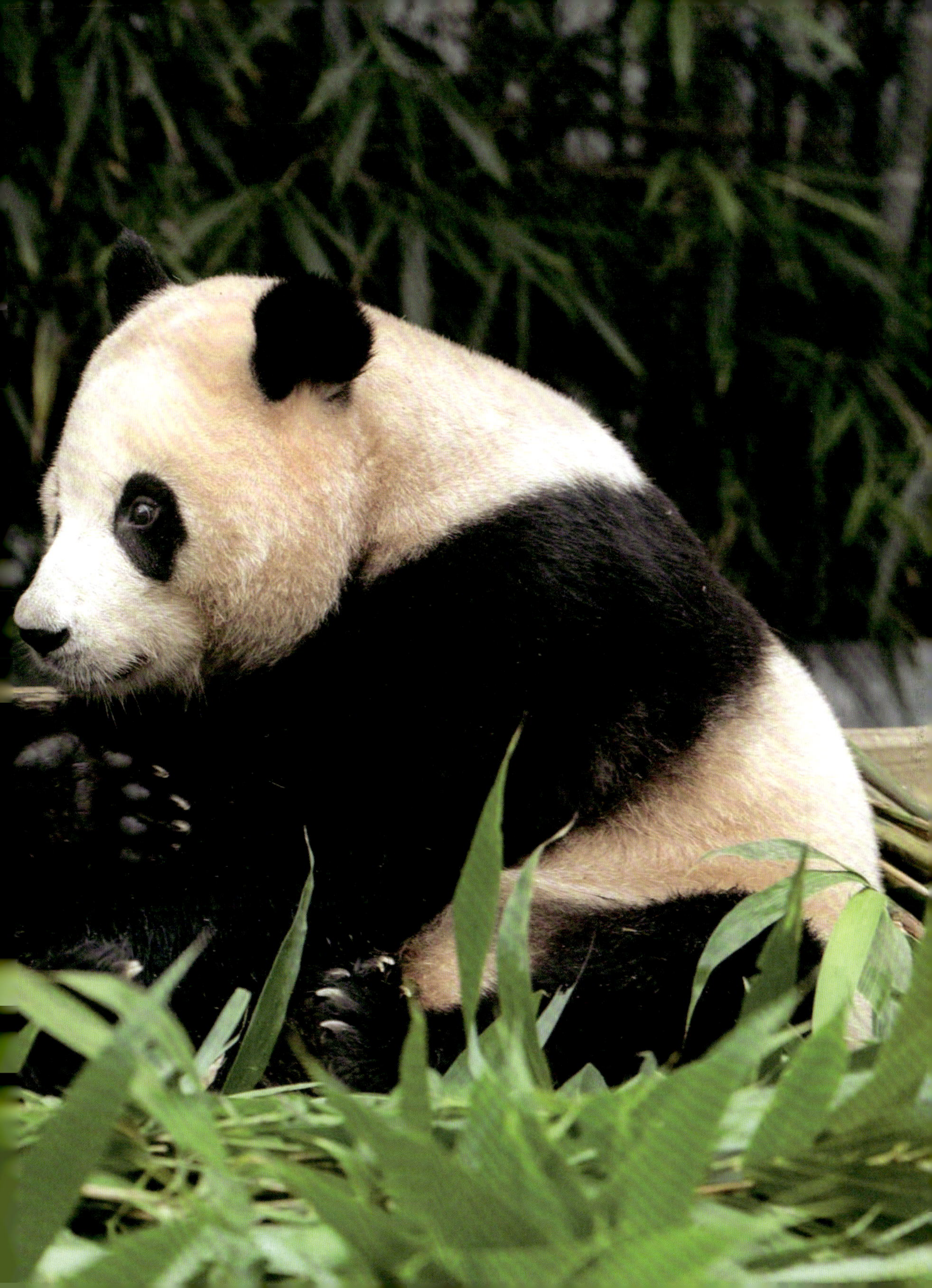

第四章

睿宝和辉宝，另一份礼物

爷爷写给双胞胎的一封信

睿宝、辉宝：

你们这两个小可爱！

继福宝姐姐之后，你们这对非常漂亮的淘气包出生了，爷爷非常开心。每当看到你们两个跑到我身边抓住我两条腿的时候，我的嘴角总是洋溢着微笑。你们和妈妈一起翻滚嬉戏的样子非常令人欣慰，酣然入睡的样子又那么讨人喜欢。

看着你们茁壮成长，我经常想起福宝姐姐的童年。但你们不要伤心，因为我不是只爱姐姐。

妈妈和爷爷凭借养育福宝姐姐的经验，才得以把睿宝和辉宝照顾得更好。这多么值得感恩呀，这不就是福宝姐姐送给你们的礼物吗？

睿宝不仅和爸爸背纹特别相像，还出现了和爸爸一样的偏食迹象：不肯一次吃饱，不停地缠着妈妈。背纹和妈妈相像的辉宝，则像妈妈一样吃饱就睡。大概是因为这个缘故吧，不知道从什么时候开始，辉宝的体重已经超过姐姐睿宝了。

本以为好好吃饭的辉宝会更早走路，但看到睿宝先开始蹒跚学步时，我不禁惊叹："睿宝不愧是姐姐！"

你们姐妹俩彼此陪伴，会过得更加幸福。爷爷担心福宝姐姐自己会孤单，所以打算多陪她玩。妈妈也总在吃饭和睡觉时陪姐姐玩，非常辛苦。希望你们俩以后也一起玩耍，彼此依赖。当然，妈妈和爷爷也会好好照顾你们。

你们现在也跟着妈妈去了外面的游乐场，希望你们在外面也能好好听妈妈和爷爷的话。祝愿你们以后能够得到更多关爱，好好成长。我会尽我所能照顾你们。

睿宝、辉宝，真的非常感谢你们降生在这个世界！

*入选美国《时代》周刊"2023年度100张最佳照片"

2023年7月7日凌晨,刚出生的双胞胎熊猫宝宝,
睿宝(左),180克;辉宝(右),140克,都是雌性。

✧—福宝,永远爱你

第四章 睿宝和辉宝，另一份礼物

✧— 福宝，永远爱你

第四章 睿宝和辉宝，另一份礼物

睿宝（左）& 辉宝（右）
满月时，除了鼻子，其他几个部位都已经变色。

福宝，永远爱你

第四章 睿宝和辉宝，另一份礼物

140 / 141

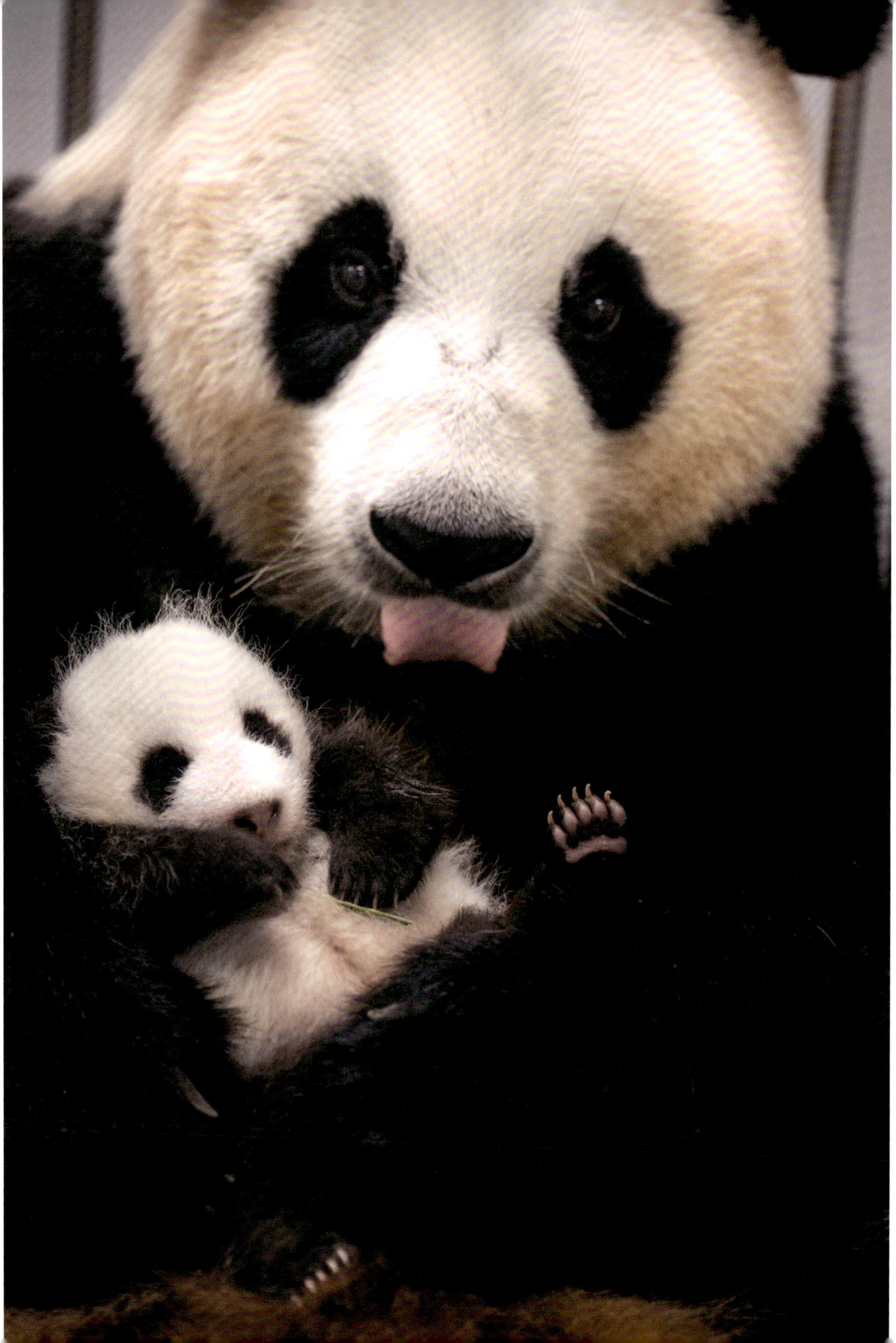

第四章 睿宝和辉宝，另一份礼物

✧—福宝，永远爱你

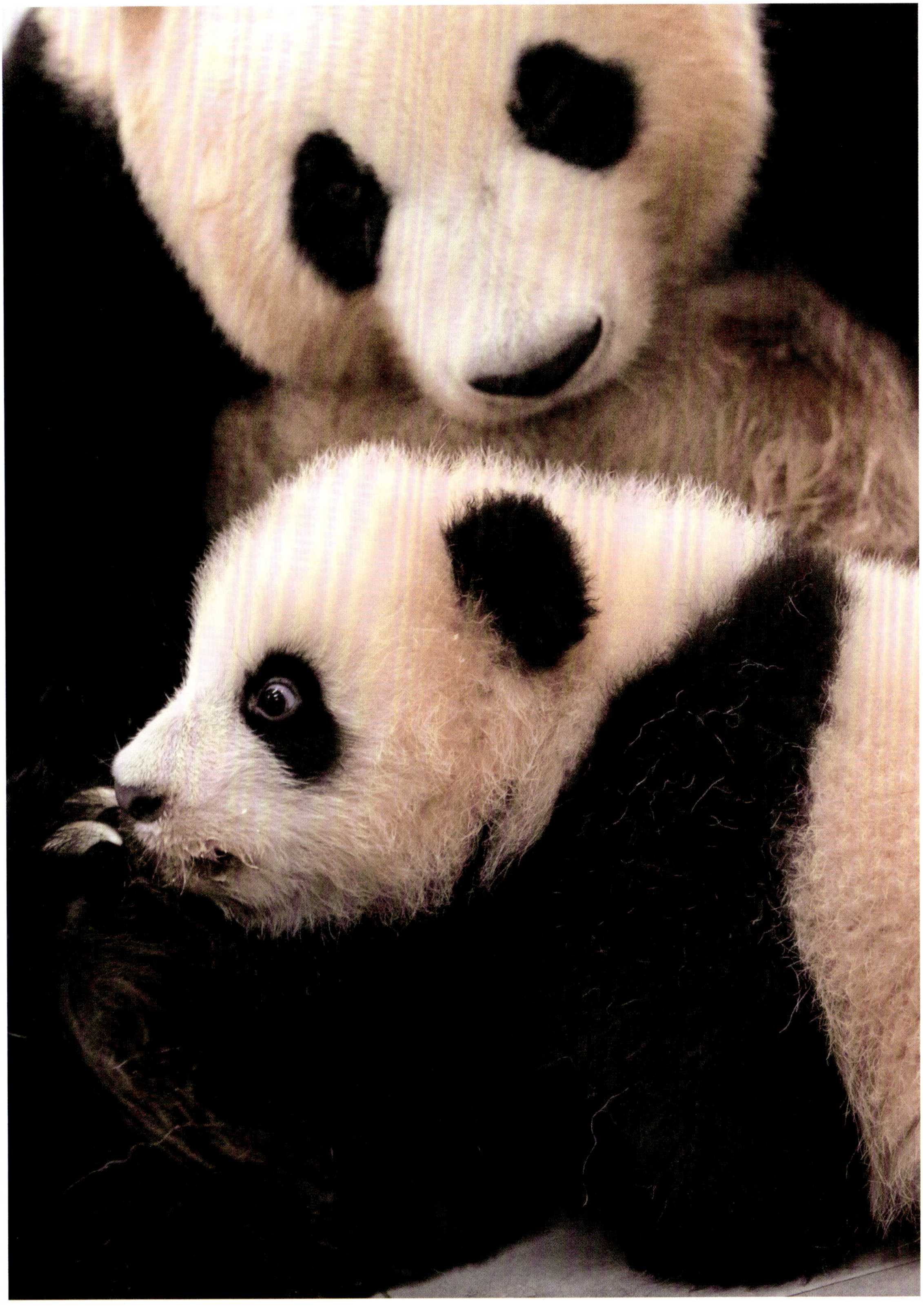

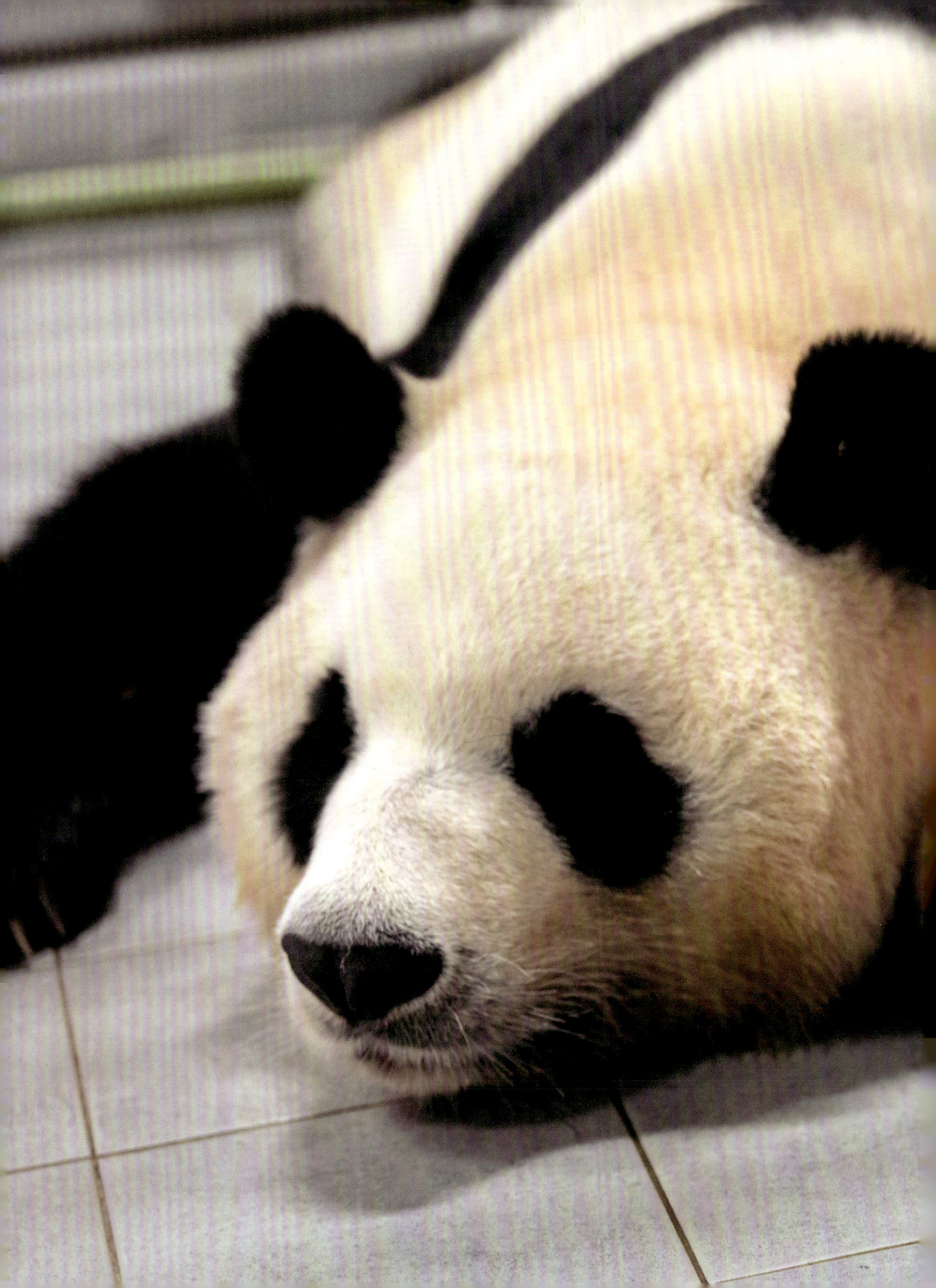

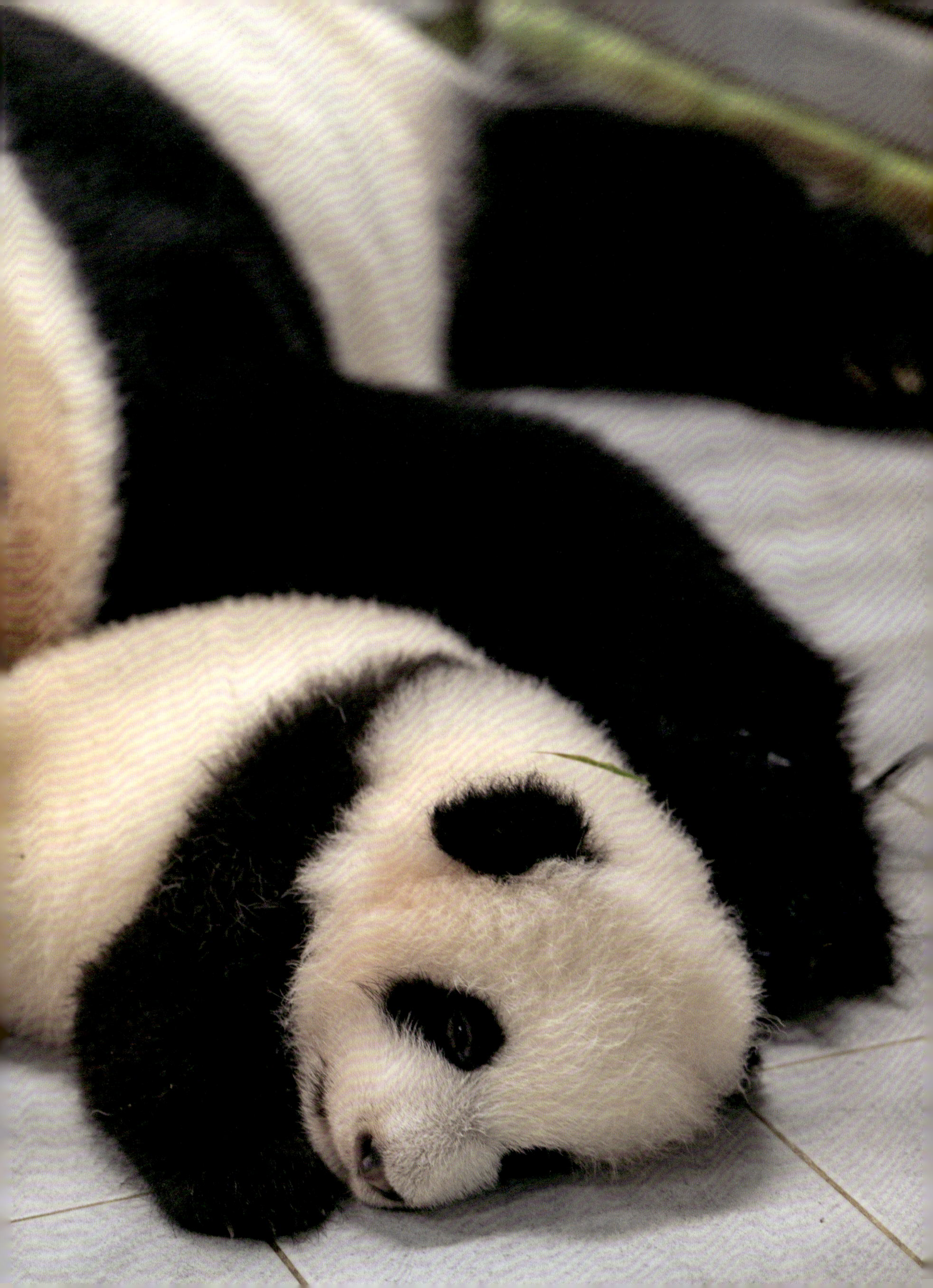

睿宝（左）& 辉宝（右）

双胞胎熊猫宝宝出生第100天，开始用手撑起身体，眨着亮晶晶的眼睛探索周边世界。

✧
—
福宝，永远爱你

第四章 睿宝和辉宝，另一份礼物

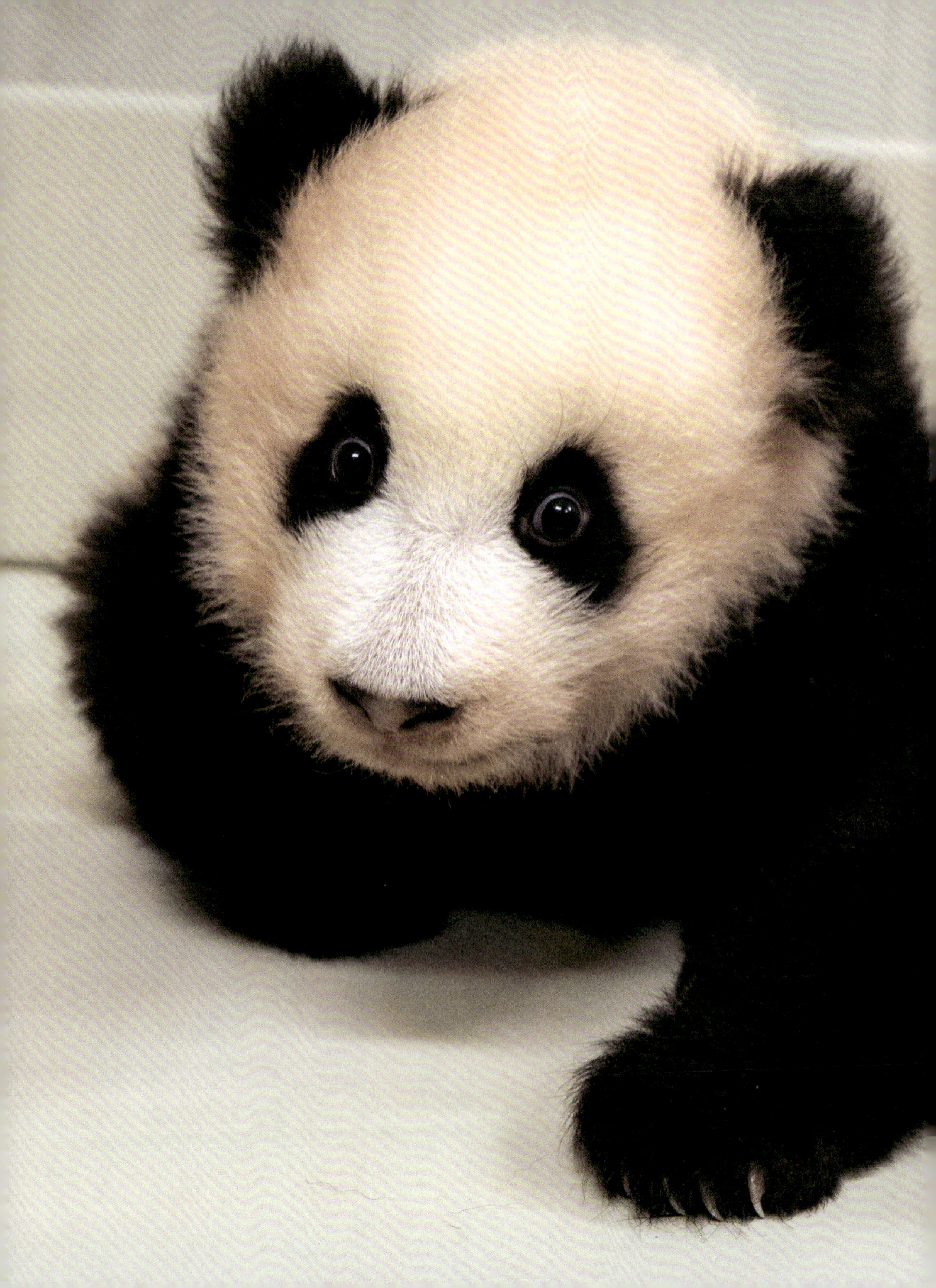

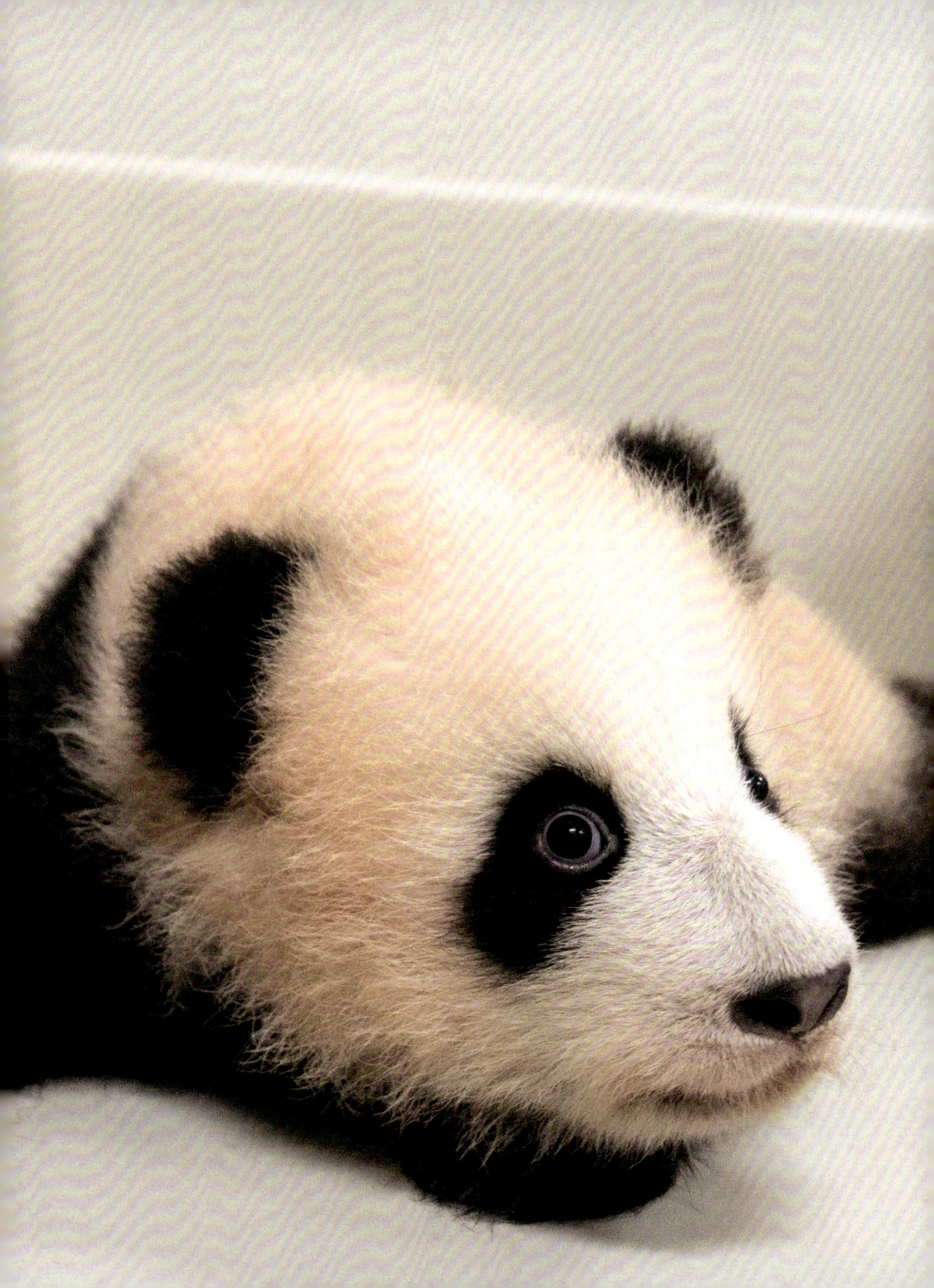

帮助独自抚养两个宝宝的爱宝，
共同育女的时期。

←—福宝，永远爱你

第四章 睿宝和辉宝，另一份礼物

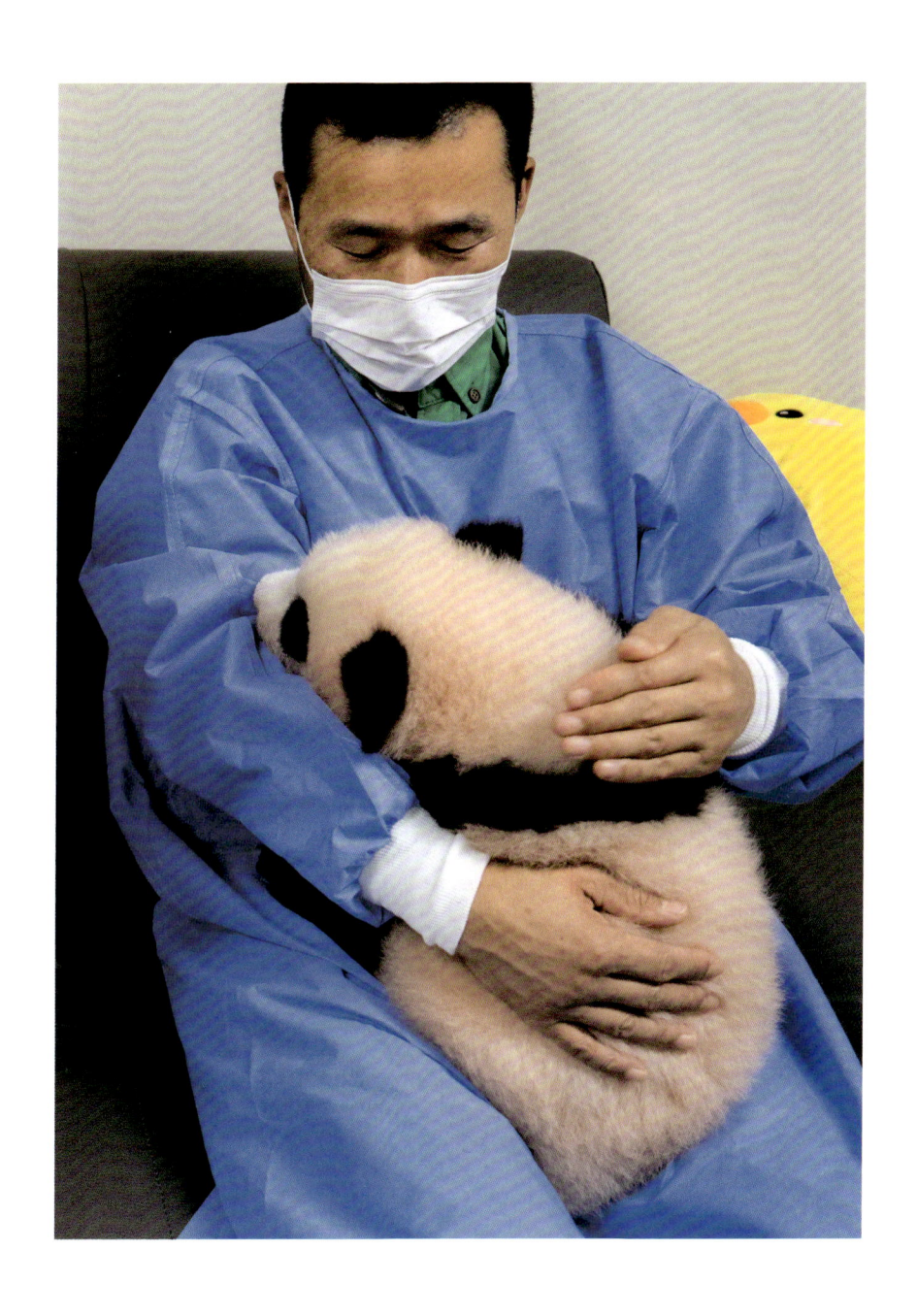

← 福宝，永远爱你

把双胞胎熊猫宝宝还给妈妈之前，先沾上妈妈的气味。
爱宝自然而然地熟悉、接纳了她们。

爱宝顺利接受再次回到身边的睿宝和辉宝是自己的幼崽。

像福宝姐姐一样，双胞胎熊猫宝宝也将和妈妈一起生活，直到独立。

✧— 福宝，永远爱你

第四章 睿宝和辉宝，另一份礼物

루이바오

睿宝 RUI BAO

후이바오
HUI BAO

彩蛋
熊猫世界的 每个角落

福宝的空间

✦ 福宝三岁生日纪念长椅

✦ 福宝的玩具秋千

✦ 福宝吃饭的木床

✦ 福宝的玩具挂件

乐宝的空间

✦ 乐宝睡觉的木床

✦ 乐宝经常散步的溪边

✦ 乐宝的饮水台

爷爷的空间

+爷爷和姨母的办公桌

+福宝和双胞胎妹妹们使用过的保育箱

+宝家族的体检诊室

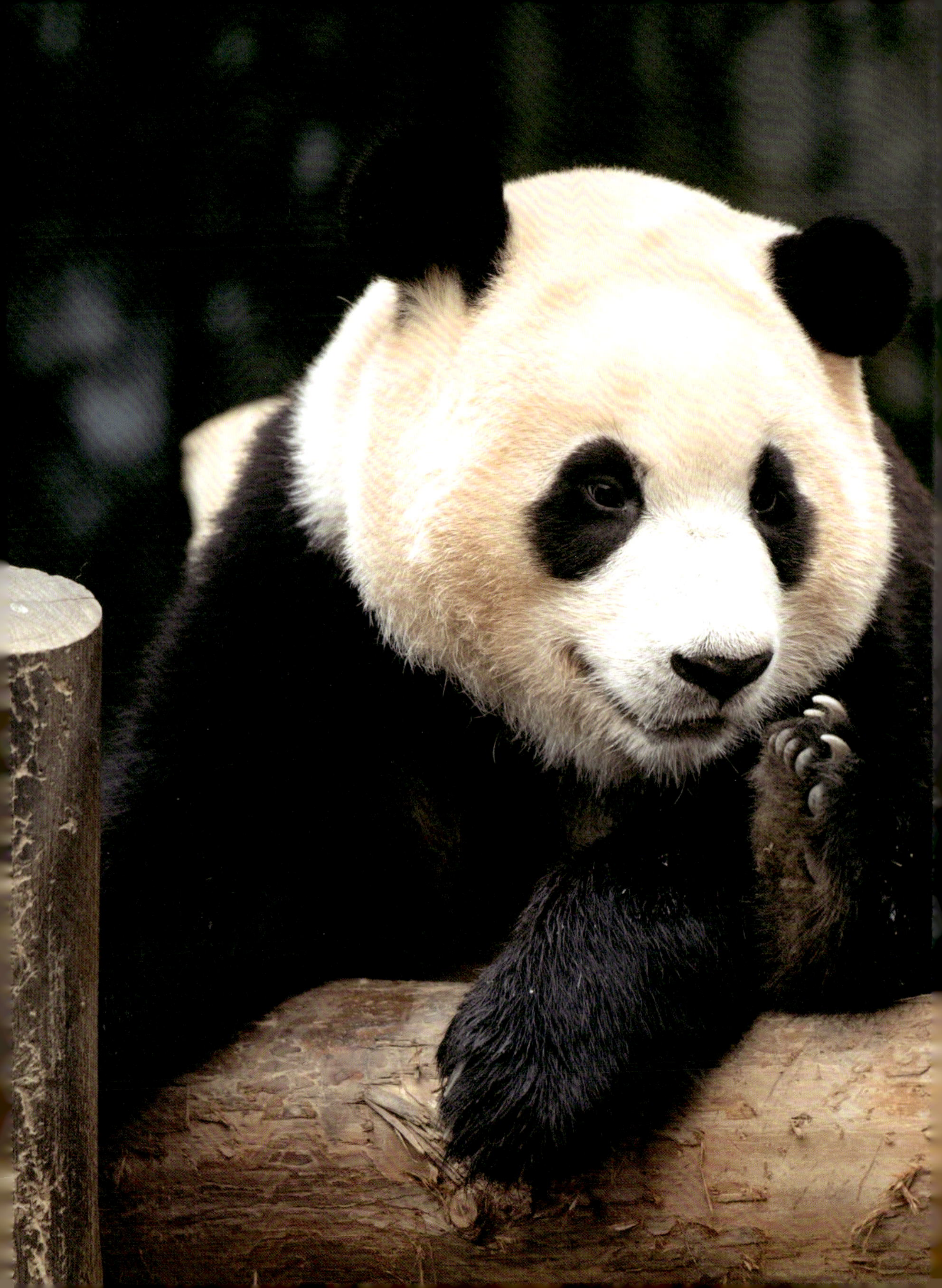

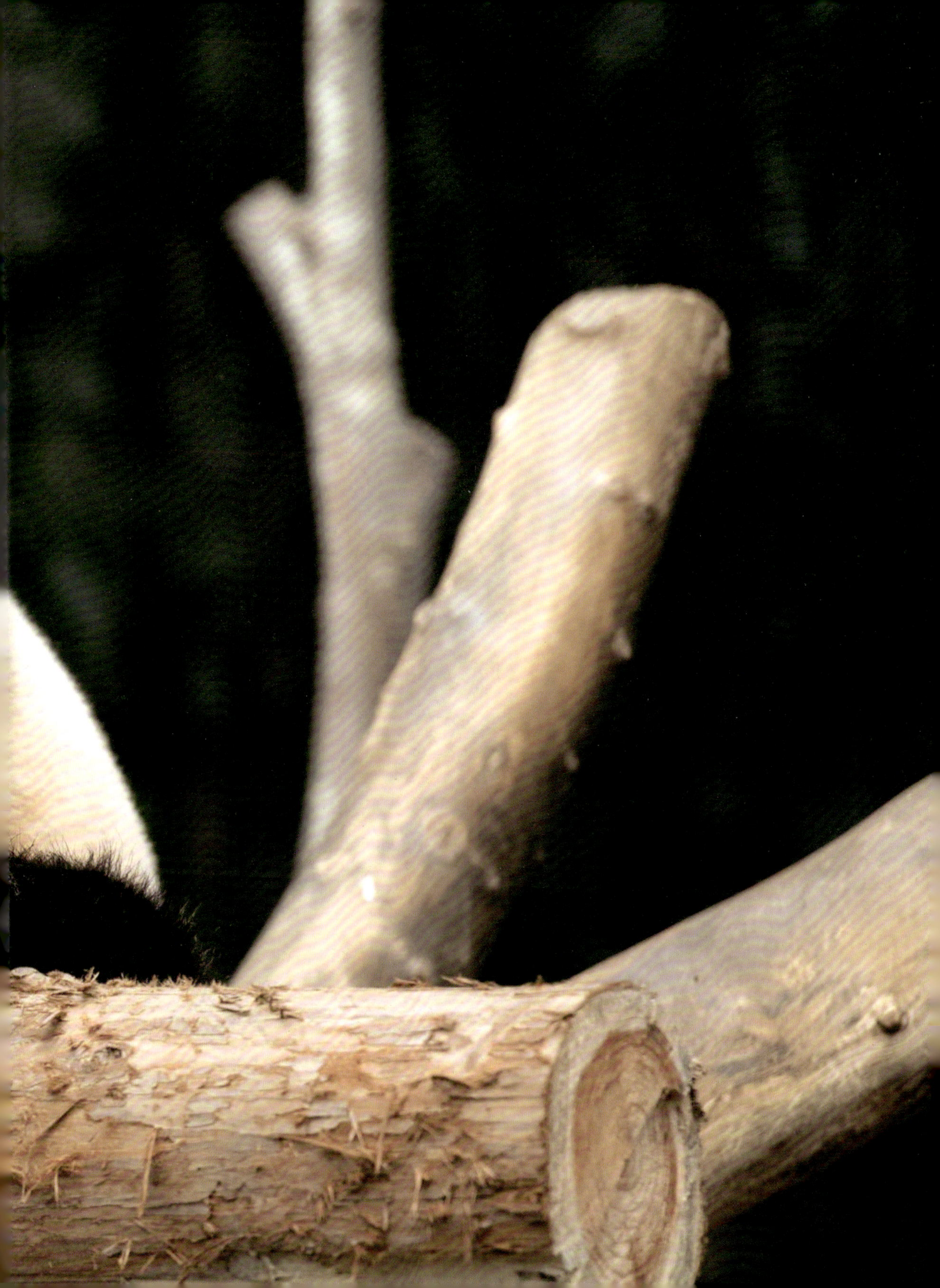

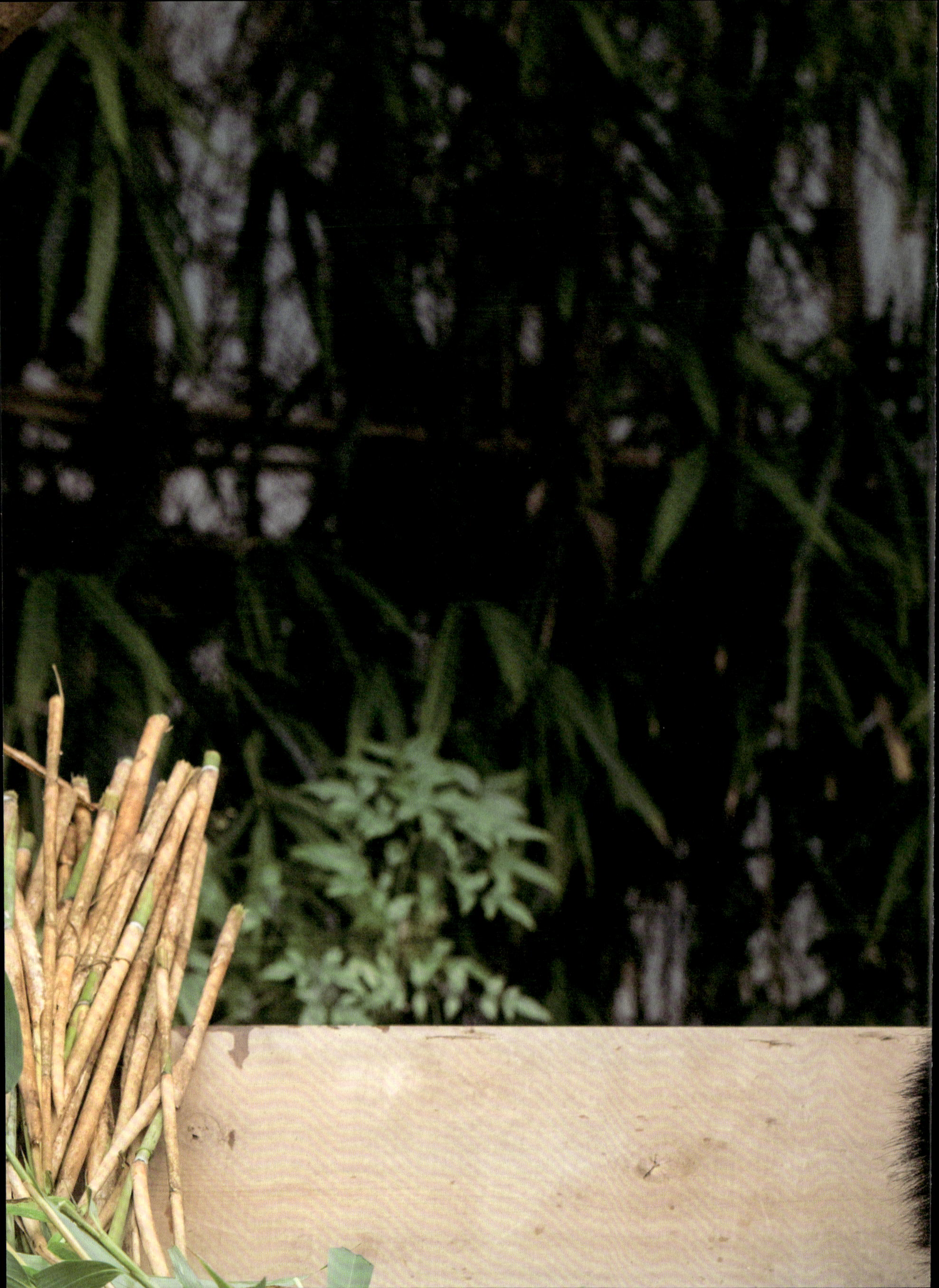

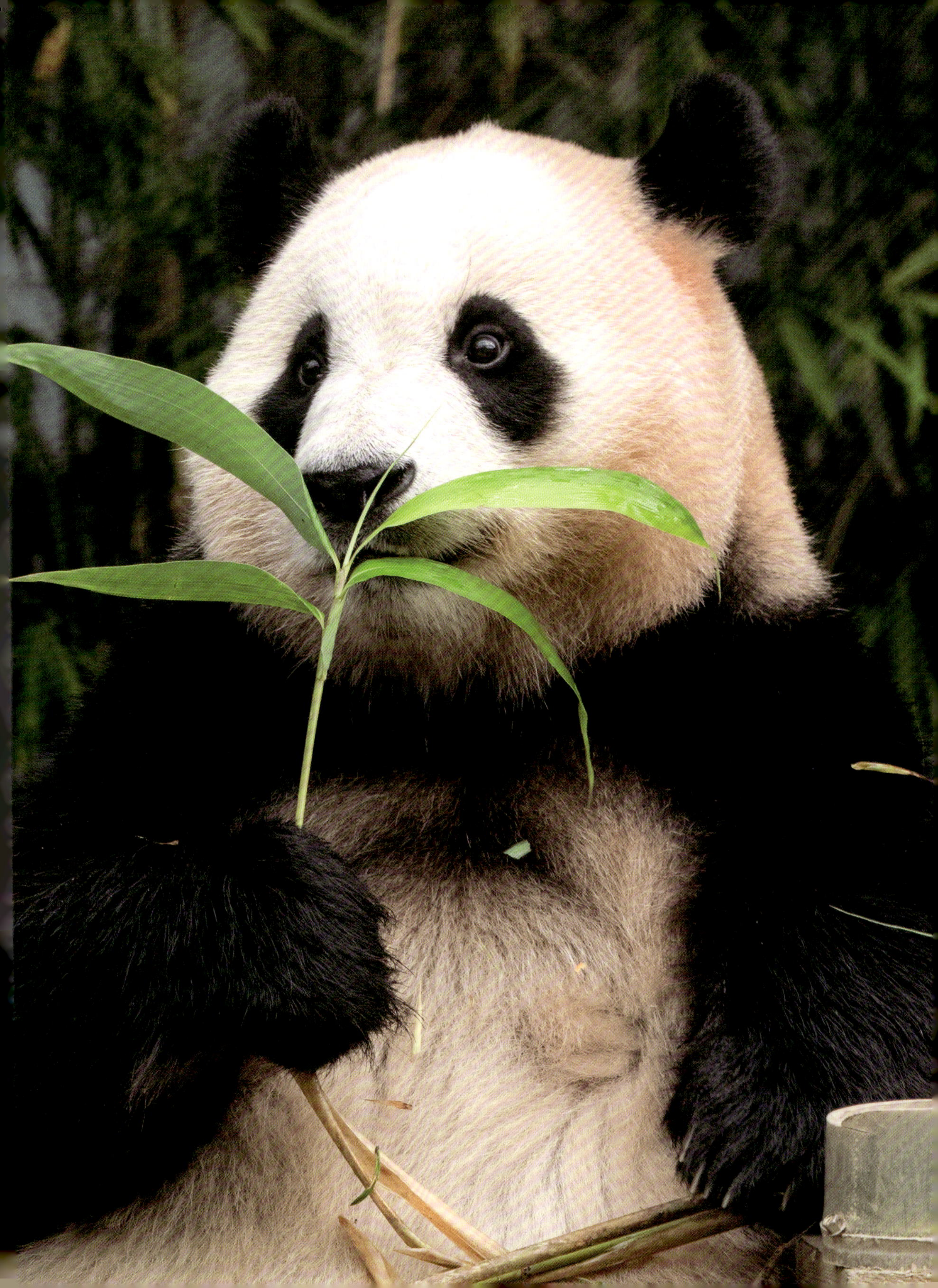

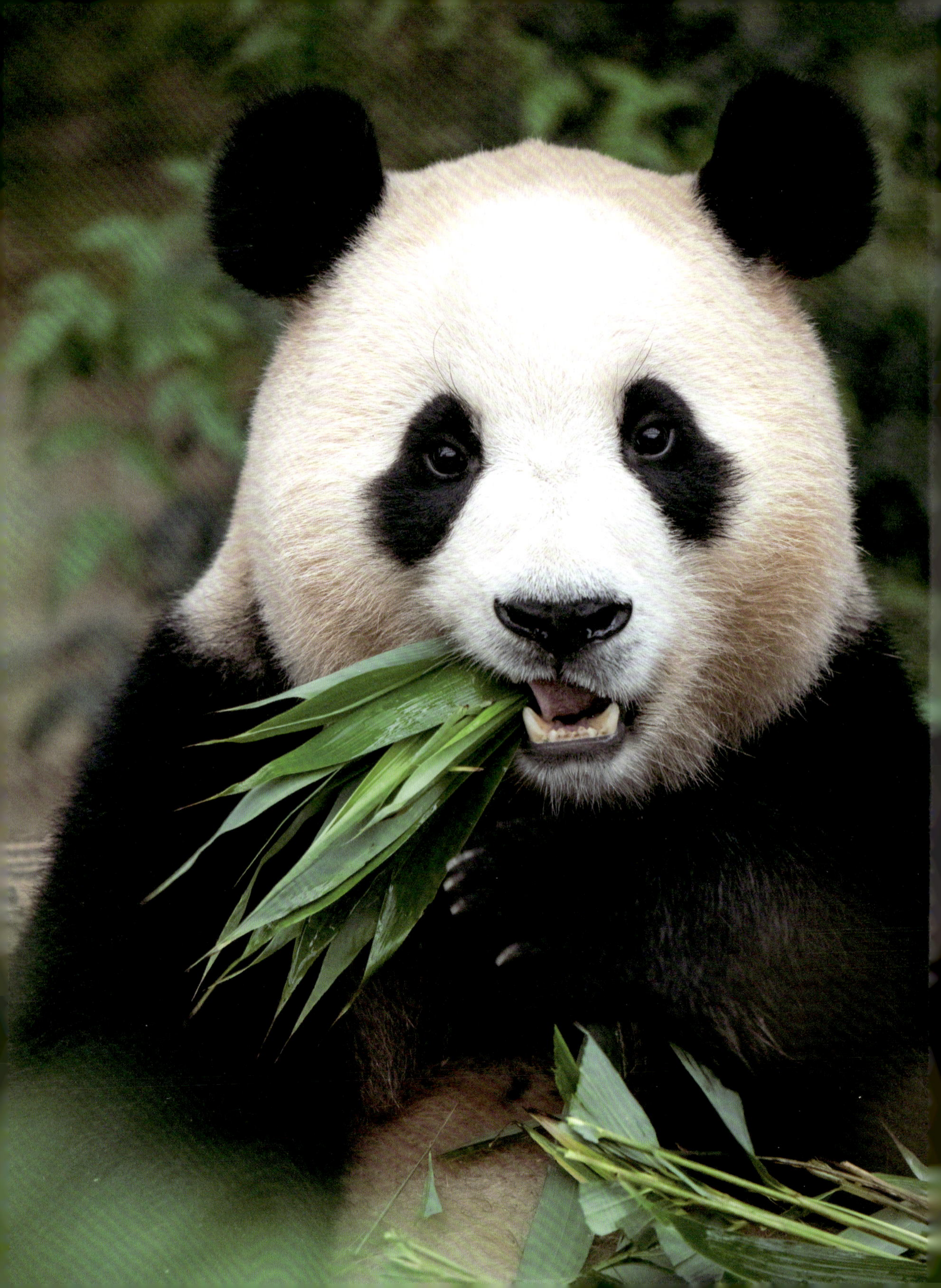

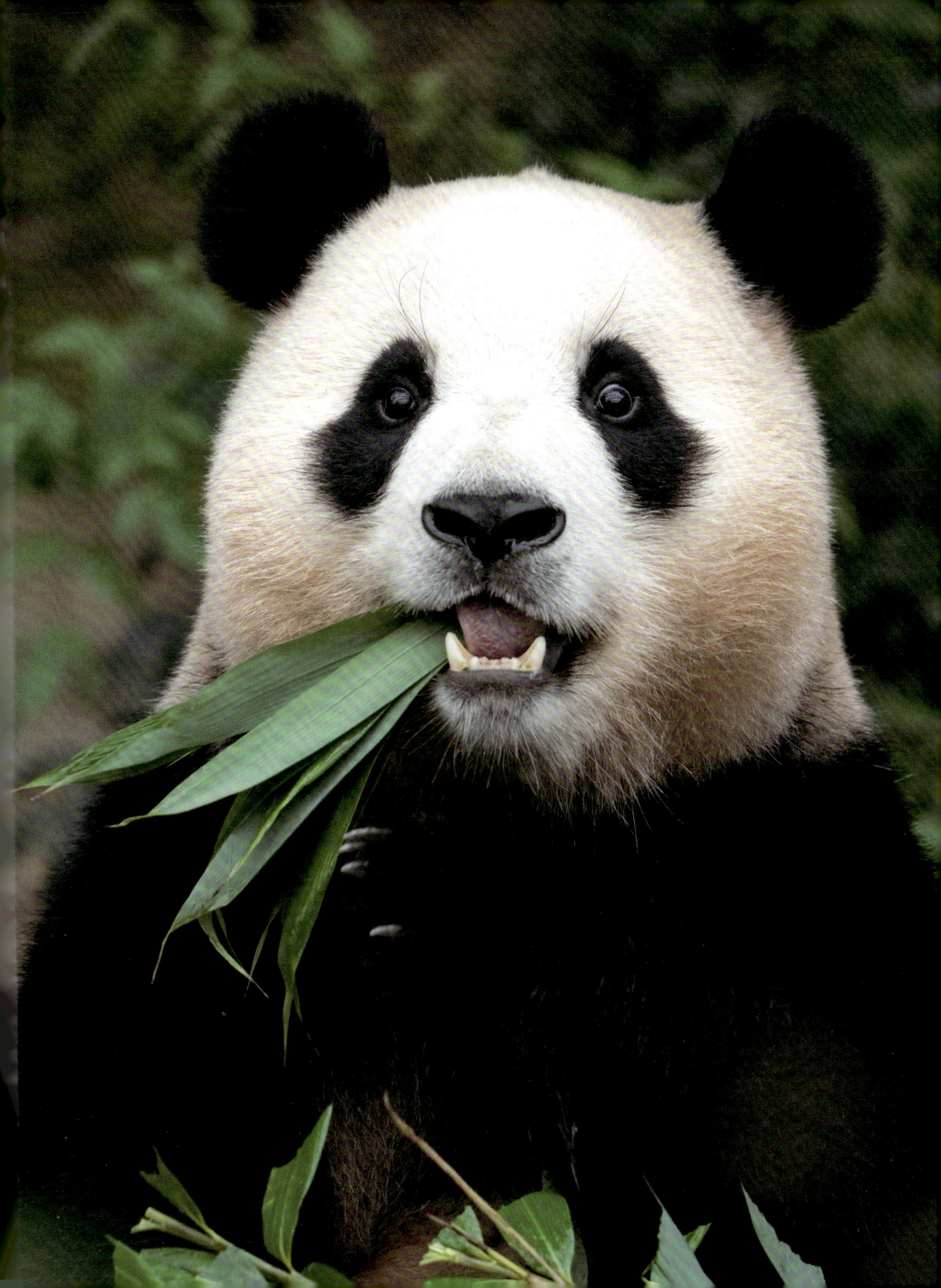

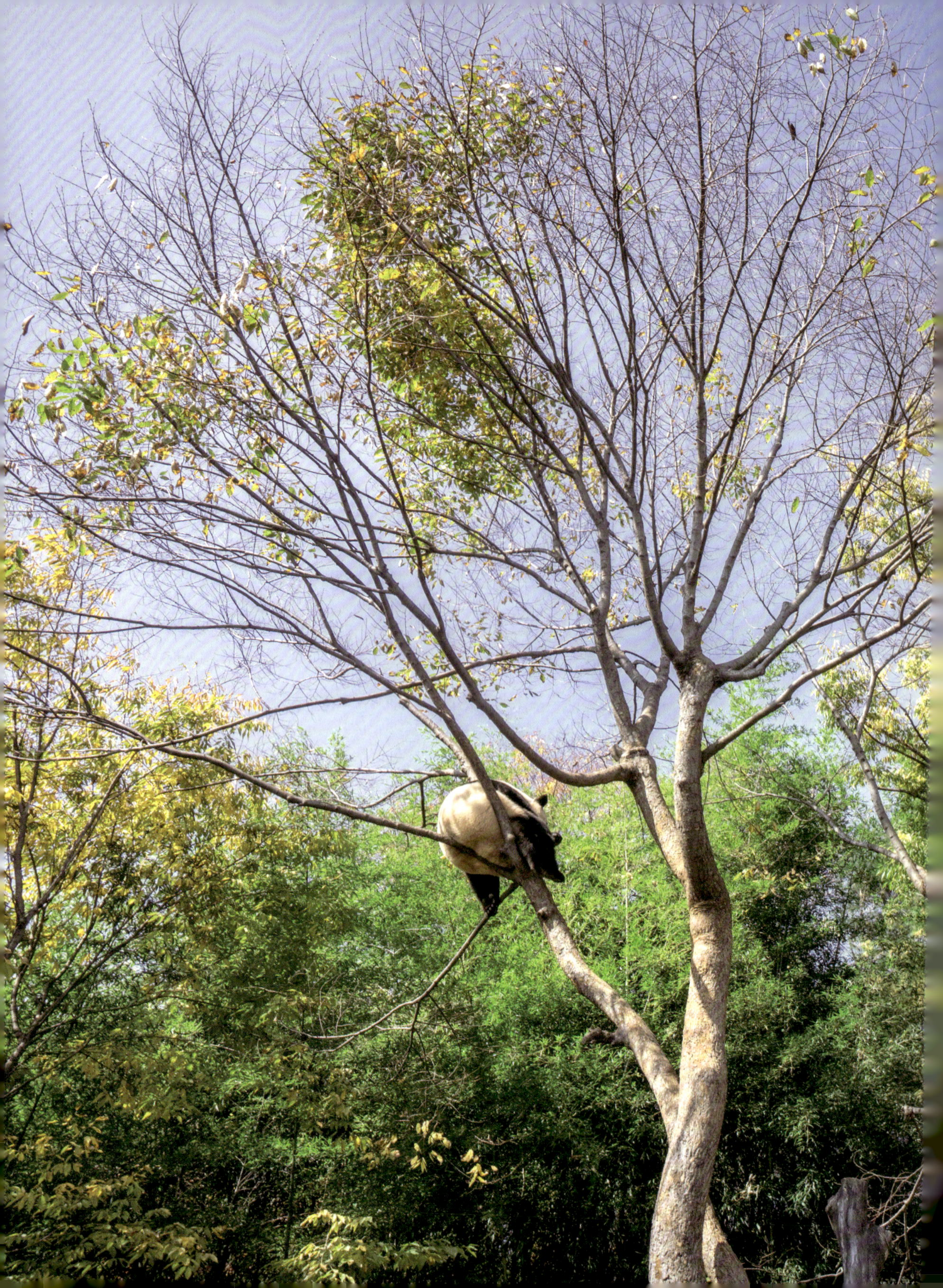

图书在版编目（CIP）数据

福宝，永远爱你 / 韩国爱宝乐园,(韩) 姜哲远,
(韩) 柳汀勋著；春喜译. -- 北京：北京联合出版公司,
2024.6

ISBN 978-7-5596-7579-8

Ⅰ.①福… Ⅱ.①韩… ②姜… ③柳… ④春… Ⅲ.
①随笔-作品集-韩国-现代 ②大熊猫-画册 Ⅳ.
①I312.665 ②Q959.838-64

中国国家版本馆 CIP 数据核字（2024）第 083239 号

北京市版权局著作权合同登记 图字：01-2024-2203 号

푸바오, 언제나 사랑해 (Fubao, always love you)
Copyright © 2024 by 강철원 (에버랜드) (姜哲远 KANG CHERWON (爱宝乐园)),
류정훈 (에버랜드 커뮤니케이션 그룹) (柳汀勳 RYU JEONGHUN (爱宝乐园))
All rights reserved.
Simplified Chinese Copyright © 2024 by Hangzhou Xiron Books Co., Ltd.
Simplified Chinese language is arranged with SIGONGSA Co., Ltd.
through Eric Yang Agency

福宝，永远爱你

作　　者：韩国爱宝乐园　　[韩] 姜哲远　　[韩] 柳汀勋
译　　者：春　喜
责任编辑：周　杨
封面设计：干　饭

北京联合出版公司出版
（北京市西城区德外大街 83 号楼 9 层　　100088）
天津海顺印业包装有限公司印刷　　新华书店经销
字数 50 千字　　787 毫米 ×1092 毫米　　1/16　　11.25 印张
2024 年 6 月第 1 版　　2024 年 6 月第 1 次印刷
ISBN 978-7-5596-7579-8
定价：108.00 元

版权所有，侵权必究
未经书面许可，不得以任何方式转载、复制、翻印本书部分或全部内容。
本书若有质量问题，请与本公司图书销售中心联系调换。电话：（010）82069336

文治
磨铁图书旗下子品牌

更 好 的 阅 读

出 品 人　沈浩波
特约监制　潘　良　于　北
产品经理　黑　皮
文字编辑　王云欢
版权支持　冷　婷　李　想　金丽娜
营销支持　于　双　温宏蕾　周梦遥　李嘉玉
封面设计　干　饭

关注我们

官方微博：@文治图书
官方豆瓣：文治图书
联系我们：wenzhibooks@xiron.net.cn